彼の舌先は執拗に敏感な部分を弄び続けている。
「だ……め……」
ようやくそれだけ言葉が出せた。

元令嬢のかりそめマリアージュ

栢野すばる

Subaru Kayano

Ever
Princess

CONTENTS

元令嬢のかりそめマリアージュ

Ever Princess

プロローグ　貴公子と下働きの娘の婚礼

晴れ渡る空に、祝福の鐘が鳴り響く。

今日はエルトール王国でも指折りの名家であるリーテリア侯爵家の嫡男、カイルの結婚式だ。

南方駐屯軍での士官候補生として訓練をいったん終え、誰もが目を奪われるような凛々しい騎士となって戻ってきた彼は、なんと、屋敷の下働きだった貧しい娘と恋に落ちたのである。

王都中が、その恋の噂で持ちきりになったし、カイルの妻の座狙いだった娘たちは悲鳴を上げた。

未婚令嬢たちの憧れの貴公子であったカイルが、まさか、何の後ろ盾もない屋敷の下働きの娘を妻に迎えるとは。

人々は、『どれほどに美しい娘が、リーテリア家の次代当主の心を射止めたのだろう』と、噂し合った。

今日の挙式も『噂の花嫁』をひと目見ようと、招待されていない者たちまで、式場に押しかける始末であった。入場を許されない野次馬たちが、押し合いへし合いしながら、庭の生け垣の上から鈴なりに顔を覗かせている。

一方、今日の主役である花嫁と花婿は、婚姻の誓いを交わし、人々の祝福の声に包まれて、庭園の通路をゆっくりと歩いていた。

「可愛い方。あんな美人ならリーテリアの若君が夢中になっても仕方ないでしょうね」

「月の光のような髪に、菫《すみれ》の花みたいな瞳、本当に噂どおりだわ」

熱心に囁き交わすご婦人方に、花嫁のリシェルディは微笑みかけた。

——ええ。私が『幸運なリシェルディ嬢』です。期間限定の花嫁ですけれど。

心の中でとんでもないことを思いつつ、リシェルディは丁寧にドレスの裾をさばき直した。

通路の脇に並んだカイルの友人たちが、一斉に身を乗り出す。

「カイル、結婚おめでとう！」

「今度、その美しい奥方にゆっくりご挨拶に伺うからな！」

「本当に水臭い。恋人も婚約者もいないなんて言ってこんな美しい人の存在を隠していたなんて許せないぞ」

友人たちが、口々にカイルをからかう。身なりの良さから、どの青年も上流貴族の子息なのだろうと思われた。

「ありがとう。内緒にしていて悪かったな」

花婿の装束に身を包んだカイルが、明るい口調で彼らに答える。だが、幸せが滲むカイルの笑みに、リシェルディはかすかに違和感を覚えた。

――本当に嬉しそう。カイル様ったら、演技がお上手なのね。

リシェルディは笑顔を保ったまま、カイルに調子を合わせて彼の友人たちに淑やかに一礼する。

これが普通の結婚式だったなら、リシェルディも心の底から幸せいっぱい、人々の祝福を受けながら過ごしていたに違いない。

だがこの結婚はそうではないのだ。なぜならば、この結婚は……。

「リシェルディ」

傍らのカイルが、低い声で囁きかける。

背の高い彼を見上げたリシェルディに、カイルが言った。

「疲れていないか？」

「大丈夫です、お気遣いなく」

微笑みかけると、カイルは見とれてしまうくらい端正な顔に、嬉しそうな笑みを浮かべた。

鍛え上げた体躯に、魅力溢れる男らしい笑顔。女性なら誰でもうっとりしてしまいそうな『カイル様』からリシェルディは目をそらした。

花嫁は、引き締まった花婿の腕に手をかけ、そっとため息をつく。

「どうした？　やっぱり疲れたか？」

「いいえ、お客様の顔ぶれが壮観なので、緊張してしまっただけですわ」

とびきり上品な声で答え、リシェルディはカイルからの求婚の言葉を思い出す。

それは、甘くもなく、幸せでもなく、ただ度肝を抜かれるものだった。

『しばらくの間、妻として振るまってほしい』

それが、カイルからの頼みなのである。

彼の身の上に中途半端に同情し、喉から手が出るほど欲しかった大金を報酬として提示されたからといって、こんな依頼を引き受けた自分はどうかしていると思う。

だが、リーテリア侯爵家の嫡男カイルの、かりそめの妻として三ヶ月過ごす、それがリシェルディに課された任務なのだ。引き受けたからには、なんとか三ヶ月やり遂げねばならない。

「緊張しなくても大丈夫だ、皆いい人たちだから」

カイルがそう言って、ヴェールに包まれたリシェルディの華奢な身体を抱き寄せた。

ちゃんと愛おしげで、花嫁を気遣う仕草に見えるのがすごい。というよりも、普段無表情なカイルが幸せで蕩けきった表情をしているのが不安で仕方がない。

——契約結婚なのに、どうしてそんなに幸せそうなの……？

リシェルディの心の中に疑問が湧く。だが、カイルは真面目な顔に似合わず演技上手なのだろうと自分に言い聞かせ、慌てて笑みを浮かべ直した。

カイルと出会ってすぐ、リシェルディはほとんど口を利いたこともなかった彼から求婚された。

彼は亡くした婚約者を忘れられず、見合い結婚もしたくないという。だからかりそめでいいから妻のふりをしてほしいと……。

葛藤はあったものの、リシェルディは五年分の給与と引き換えにその申し出を受けた。これから三ヶ月の間、幸せそうな奥方として彼の傍らで微笑み続ける。それがリシェルディに任された仕事だ。

しかし、求婚から今日までの二ヶ月の間、リシェルディはほとんどカイルと会話していない。彼の花嫁として迎えられることが決まった日から、別荘に閉じ込められて貴婦人としての教育をひたすら受けさせられていたからだ。

深く理解し合っているわけでもない男を夫と呼び、愛し合う夫婦の真似事をする。そんな大役が自分に務まるのか不安でたまらなかった。

——本当にうまくいくのかしら、こんな計画が。いえ、お金をいただくのだからがんばらなければ。

覚悟を決め、リシェルディはとっておきの作り笑いを保ち続けた。

遠慮がちにカイルに寄り添ってみせるのも忘れない。

「こんな感じでよろしくて？」

声を潜めてそう尋ねると、カイルが幸せそのものの笑顔で、ああ、とだけ答えた。彼の顔は、本当に愛する花嫁を迎えた幸福の絶頂にいる男のものに見える。

カイルの笑顔を見ている限り、この結婚が『契約、しかも三ヶ月でおしまい』だなんて到底想像できない。

人々から、一見睦まじそうな花嫁と花婿の姿に歓声が上がる。

——注目されて当然だわ。下働きの娘が侯爵家に嫁ぐなんて話題になるわよね。一昔前なら私、侯爵家の若様をたぶらかした悪い女として、批判の嵐にさらされていたはずよ。

近年はエルトール王国でも、身分差のある結婚を認める風潮が出てきている。

しかし、これほどまでに差がある二人が結ばれることは珍しい。庭の外に鈴なりになって覗き込んでいる人々の多さからも、この結婚がどれほど耳目を集めたのかがよくわかる。

だんだんと不安が募ってきた。そもそも、リシェルディには『誰かの妻』になる予定すらなかったのだ。男性に恋をしたこともないし、今後もするつもりはない。女一人では不安があるものの、なんとしてもお金を稼ぎ、自立して生きていく予定なのだ。カイルの花嫁役だって、お金がもらえるならば、と引き受けた。

お金にがっつくのがはしたないことくらいわかっている。でもリシェルディには、もう何もない。親も家も財産もすべて失った。だからこそ、何がなんでも自立したいのだ。誰かに保護されるのではなく、自分の足だけで立てる人間になりたい。そのためにはお金が必要だ。細かいことを気にして立ち止まっている暇など、ない。

——がんばるわ、幸せな奥様のふり。無事に三ヶ月務め上げてみせる。フロリアの花祭りの当日まで。

リシェルディは、顔を上げて口の端を吊り上げた。

興味津々で注目の視線を投げかけてくる人々に、愛想良く手を振ることも忘れない。

カイルの幸せそのものの様子に若干の疑問は残るものの、リシェルディは腹をくって、式の間『幸運な花嫁』として最高の笑顔を振りまき続けたのだった。

第一章　没落令嬢、求婚される

リシェルディはシェイファー伯爵家の一人娘として生まれた。

シェイファー家は、エルトール王国でも指折りの名家であった。

有能で優しい父と、北の地から嫁いできた銀の髪の美しい母。

リシェルディは、両親に大切に育てられ、幸せいっぱいの少女時代を過ごした。

その運命が暗転したのは、もうすぐ十五の誕生日を迎えるはずだった嵐の日。

慈善事業で領地の端にある村を訪れていた両親は、帰路、娘を留守番させるのは可哀想だと馬車を急がせて、突如発生した土石流に巻き込まれて命を落としてしまったのだ。

一人遺されたリシェルディを引き取ったのは、父の妹である叔母と、その夫である叔父だった。

ただ、この夫婦がろくでもなかったのである。

嘆き悲しみ、衰弱したリシェルディを寒い屋根裏に放置し、高熱を出してもろくに医者も呼んでくれなかった。彼らの関心は、リシェルディの両親が遺した莫大な財産にしかなかったのだ。

どうやって、シェイファー家の金をせしめるか、そのことにのみ執心していた彼らは、高熱に苦しみ、死の淵をさまようリシェルディに手などさしのべてはくれなかった。

——私、私は、誰……？

熱にうなされ、泣き叫ぶ彼女の耳に、男の声が届く。悪夢が固まって人の声を借りたかのようなおぞましい響きだった。

もしかしたらあれは夢魔の声だったのかもしれない。人の夢を侵し、最後にはその精神までぼろぼろに朽ち果てさせると言われている、忌むべき夢魔の……。

——お前はリシェルディだ。お前はリシェルディ。名前を覚えるんだ、いいね、誰も助けにこない。お前はここで生きていくんだ。さあ、この薬を飲んで。

曖昧な覚醒を繰り返し、激しい頭痛と灼かれるような熱にもうろうとしながら、どのくらいの時間が過ぎたのだろう。

与えられた薬は異様な甘さであと味が悪く、到底解熱剤とは思えないような代物だった。一体何を飲まされていたのか、今となってはわからない。きっと混ぜものの多い安価な薬だったに違いない。

なんとか一命を取り留めて目覚めたリシェルディは、はじめ自分がどこにいるのかわからなかった。

だが、やがて、両親が亡くなったことを思い出した。

——お父様とお母様のお葬式は？

もしかして、自分が眠っている間に終わってしまったのだろうか。そんなのはいやだ。

最後にひと目、愛する両親に会いたい。

不安と悲しみでいっぱいになりながら、見知らぬ家の階段を下りたリシェルディは、そこに叔母の姿を見つけた。

彼女は、リシェルディの父の妹だ。

父はいつも、妹をあの男に嫁がせたのは失敗だった、とこぼしていた。しかし叔母は、ハンサムな叔父と別れたくないらしく、父のお説教を避けてシェイファー家の屋敷には滅多に寄りつかなかった。彼女が顔を出すのは、父にお金を無心する時だけだった。

「目が覚めたの？　リシェルディ？」

リシェルディ、と呼びかけられ、一瞬誰のことかわからなかった。

呆然と立ち尽くす彼女に、叔母は淡々と続ける。叔母はひどく顔色が悪く髪の毛はボサボサで、何より口調が異様に感じられた。まるで台本を読み上げるかのような、平坦すぎる口調なのだ。

「熱は下がったの？」

そこでようやく、リシェルディというのは自分の名前だ、と思い至る。そうだ、私は熱を出していて――そこまで考え、リシェルディは弾かれたように顔を上げた。

「叔母様、お父様とお母様の葬儀にきてくださったの？」

リシェルディを茫洋とした目で見つめ、叔母は眉一つ動かさず答えた。

「葬儀はもう終わったわ。ぶり返す前に寝なさい」

「何を仰っているの、叔母様。葬儀は終わってないわ、まだよ！　それにここはどこ？」

ふらつきながら必死にすがりつくリシェルディを見つめ、叔母が唇だけを動かして言った。

「葬儀は終わったわ。貴方の家は、夫がもう売りに出しました。執事も使用人も全員暇を出しましたよ。ここは私たちの新居。貴方のことを引き取ってあげたのよ。今日からは屋根裏で暮らしてちょうだい。医者から薬をもらっておいたわ。一日三錠、朝昼晩にちゃんと飲んで」

その時、リシェルディは初めて悟った。

自分の記憶が、一部欠落していることを。

リシェルディにはこの家にきた記憶すらない。それに、暦の日付は、父母が亡くなったあの悪夢の日から一ヶ月以上が経過していた。

——どうして？

ひどい高熱を出していたことはリシェルディ自身にも記憶がある。これまでに経験したことがないくらいの苦痛を味わった。頭が割れるように痛くて、喉が渇いて、全身が燃えるように熱くて……。

リシェルディは額に手を当てた。

やはり、両親の葬儀の光景が全く思い出せない。父と母が亡くなったと知らされた時の衝撃は生々しく思い出せるのに。

「待って、落ち着いて。家族の名前を一人一人言うのよ。まずはお祖父様……」

言いかけて、リシェルディは凍りついた。祖父の名前がわからない。リシェルディが十歳の時に亡くなった祖父は、たった一人の孫娘をそれは可愛がってくれたのに。

リシェルディは呆然となった。しかし、記憶の中の空白を埋めることはできなかった。

ベッドにへたり込んだリシェルディは、叔母から渡された薬瓶を開けて錠剤を手に取る。

――お医者様からいただいた薬……？　本当に？　私のために、あの二人がお医者様を呼んでくださったなんて思えないのだけれど。

あの夫婦は、リシェルディの両親に金の無心しかしてこなかった。その彼らにしては妙に親切だと気味悪く思いつつ、薬を口に含む。

甘いのに、形容しがたい異様な味が舌を焼く薬だった。リシェルディは思わずそれを吐き出し、窓から外の植え込みに投げ捨てる。

――気持ち悪い、何、これ。私が寝ている間に飲まされていたあのまずい薬と同じものだわ。あれを飲んでも全然良くならなかったもの。こんな薬は飲みたくない。

もしも叔父と叔母が信用できる人間だったら、その錠剤を飲んでいたかもしれない。

だが、彼らに不信感しか抱いていないリシェルディは、薬を飲んだふりをして、一日三錠ずつのそれを、こっそり植え込みに捨てることにした。

それから数日かけてベッドの中で考えたが、リシェルディの記憶は、とびとびに欠落しているようだった。

祖父母の名前、好きなお菓子は何なのか、それから、通っていた女学校の名前もわからない。わかって当たり前のことが、一部崩れ落ちて、頭の中から消え去ってしまっていた。

自分はリシェルディ・シェイファー。父の名前はエルマン、母の名前はシーダ。年齢は十五になったばかりで、趣味は刺繍と横笛。父と母の顔もはっきりと覚えている。けれど、わからないことは、どんなに考えても思い出せない。

無理に思い出そうとすると、だんだん頭が痛くなる。

高熱にうなされている間に味わった、あの頭痛と同種の症状だ。

耐えがたい痛みなのでできれば避けたい。

――無理しない方がいいわ。生活に支障がないなら、このまま自然に思い出すのを待つ方がいい。

何度か試した末、頭痛だけはどうにもならないと悟ったリシェルディは、記憶を無理に取り戻そうとするのをやめた。

それよりも先に悩むべきことがあったのである。

叔父と叔母、この二人と暮らさねばならない、という事実だ。

金遣いの荒い叔父は家を空けることが多い。

美人女優に入れ上げ、莫大な金をむしり取られているのも薄々知っている。なぜならば、その女優を連れて、叔父が朝帰りしたからだ。その場面で、なんでも買ってやると女優に鼻の下をのばす叔父の姿を見た。

叔母は何も言わず、見苦しい二人を無視していた。

おそらくは、彼女自身もいやになっていたのだろう、叔父の度を越した放蕩ぶりには。

叔父はいつも、泥酔して帰ってきてはリシェルディに暴力を振るおうとする。最悪の男だった。比べても意味はないと思いつつも、貴族として、そして実業家として有能だった父の温厚な笑顔が思い出されて仕方がなかった。

――同じ殿方でも、当たり外れがあるのね。叔父様みたいな人と結婚したら一巻の終わりというよりも、お父様みたいな人が珍しいのかもしれない。とにかく、私は早くこの家から逃げなくては。

リシェルディは冷え切った部屋の隅でうずくまったまま、虚ろな目をした叔母が垂れ流す愚痴を聞きつつ、ため息をついた。

「私は何もできないわ……彼から離れてはいけないの。私は、悪魔に捕まったのよ」

叔母はリシェルディの顔を見るたび、棒読みのような愚痴を淡々と続ける。

私は悪魔に捕まった、今の世の中、家を出て女一人で生きていけるわけがないと言われた、私はここを出ていけないと。

抑揚のない叔母の繰り言に不気味ささえ覚えていたリシェルディは、いつしか『女性であっても、一人暮らしをして、ちゃんと生計を立てられるようになろう』と思うようになった。

亡くなった父は、妹である叔母のことを、叔父に嫁ぐまではつらつとした優しい娘だったといつも言っていた。

しかし、今の叔母にはそんな面影はない。土色の顔をして叔父に対する不満を垂れ流す、覇気のない泥人形のような女性になってしまっている。

それに叔母は姪のリシェルディに汚れたぼろぼろの古着を着せ、髪や肌の手入れに必要な最低限の道具すら貸してくれない。どうやらリシェルディが薄汚い格好をしていれば、叔母は満足らしかった。

この家で活力があるのは叔父一人だった。叔母はいつも虚ろな目で虚空を睨んでいるし、リシェルディは二人と口をききたくなくて、ずっとうずくまって気配を殺している。

だが今夜は、階下から珍しく叔父と言い争う叔母の金切り声が聞こえた。

「どうして私に黙って爵位を返上してしまったのよッ！　シェイファー家は私の実家なのに！」

「シェイファー家の財産を処分するには、それが一番手っ取り早くてね」

「ふざけないで、何年続いた家だと思っているの！」

「手離れの悪い家屋敷を抱え込むより、換金してしまった方がずっとましだ。真っ当な方法では伯爵家の財産なんてそうそう処分できないからな。ふん、薬が切れたか。飲め！」

「いや……！　もういやよ！」

屋根裏で眠っていたリシェルディは耳を塞ぎ、汚れた薄い毛布をかぶった。

父の財産を不当に処分するため、叔父が某《なにがし》かの怪しげな権力者の力を借りたことは、うっすら知っている。その人間たちの助力で、シェイファー家が爵位を返上し、取りつぶされてしまったこともわかった。叔母に変な鎮静剤を飲ませているのも何度か見たことがある。あの薬はリシェルディが、叔母から『飲め』と渡された薬と同じものに見える。だが、詳細を追求する気にはなれなかった。

重い疲労感に、リシェルディの心が萎える。こんな暮らしがいつまで続くのだろう。

――叔父様なんか、川に落ちて海まで流されてしまえばいいのに。

リシェルディは更に深く毛布をかぶり、細い指を握りしめた。ただでさえ嫌悪感を覚える叔父の声が、ことさら頭にガンガンと響いて気分が悪かった。

そのときだった。

酔いつぶれ、怒鳴り合いで声の嗄《か》れた叔父が、リシェルディの眠っていた屋根裏の扉を蹴破って入ってきた。

跳ね起きて身体をこわばらせたリシェルディの銀の髪を掴み、叔父が吐き捨てるように言った。

「お前、えらいべっぴんに育ってきたじゃないか。薄汚い格好をしているから気づかなかった。おい、もっとよく見せてみろ」

リシェルディの身体がすくむ。叔父の粘ついた視線に、今までに感じたことがないほどのおぞましさを覚えた。

「お前みたいな美少女を売れば、たんまり金が作れる。綺麗な小娘を調教して楽しみたい金持ちはたくさんいるんだ。だが、その前に俺が味見してやろう」

叔父の手がリシェルディのぼろぼろの寝巻きに伸びる。

「いやっ！」

リシェルディは深酒でふらついている叔父を突き飛ばし、家を飛び出した。

季節が夏だったのが幸いした。虫に食われながらも街角にうずくまり、酔っぱらいに追われてはそれを振り切り、リシェルディはなんとか叔父の忌まわしい手や、他の人間の下卑た好奇の目から逃げ回った。

――無理よ、無理……もうこんな生活は限界だわ。叔父様なんかに触られるくらいなら、一か八かで逃亡した方がずっといい。

昼過ぎまでちょこちょこと町中を歩き回り、リシェルディはそっと叔父の家に戻った。

うらぶれたその佇まいに、情けないため息が漏れる。

リシェルディが引き取られて一年と少し。その間に、住む場所は何度も変わった。転居を繰り返すごとに、叔父の家はどんどん粗末に、狭くなってゆく。

――きっともう、お父様の遺してくださった財産は、叔父様が使い果たしちゃったのね。

どうやら酔いつぶれた叔父はまだ寝ているらしい。夕方過ぎに起き出して、リシェルディの両親の遺産で夜あそびに繰り出すのだろう。叔母の姿はない。買い物にでも出かけたのかもしれない。

リシェルディはさっと髪を縛り上げ、いつも買い出しに行かされる時の粗末な衣装に着替えた。

顔を洗い、グシャグシャに散らかった棚から自分の身分証を引っ張り出す。これがなければ銀行の口座も開けない。次に、足音を忍ばせて物置部屋へ入る。

――あっ、よかった。あったわ！

この家の前の持ち主が置いていった花瓶の絵が、無造作に立てかけられている。その裏そばには、分厚い封筒が貼りつけられていた。

この前掃除をしていた時、この封筒が落ちているのを偶然見つけたのだ。

中には、叔父が入れ上げている女優への恋文が一枚、それから、最高額の紙幣が数百枚、ぎっしり詰め込まれていた。

糊を塗り直して元に戻しておいたのだが、まだ移動されていなくてよかった。

――これがあればうんと遠くに逃げられる。叔父様、女優さんに貢ぐおつもりだったこのお金、リシェルディがお借りします。えっと、八十年くらい？

心の中でそうつぶやき、古びた買い物かごにその封筒と身分証を突っ込むと、リシェルディは叔父の家から飛び出した。

――負けないんだから。

自分は、あの苦しい病を生き延び、この世に戻ってきたのだ。まだ生かされる運命のはず。

真綿でくるむようにして育てられたリシェルディの心に自立への執念が芽生えたのは、ある意味、死にかけるほどの経験をしたおかげだったかもしれない。

――叔父様に触れられるなんて耐えられない！　これからは、なんとか一人で生きてみせる。

リシェルディは持てる知識を総動員して、急ぎ足で港に向かった。

地方への訪問が多かった父は、リシェルディに学校を休ませ、よく一緒に連れて行ってくれた。

『何事も経験だよ。経験は、お金では買えない』

好奇心の強かったリシェルディは、父にせがんで自分で切符を買わせてもらったり、船を乗り換えるための時刻表の見方を教えてもらったりした。当然『貴族が乗っても安心な辻馬車』の見分け方だって、父に聞いて知っている。

『たまには父様と二人で、学校ではできない勉強をしよう』

片方の目をつぶって笑っていた父の顔を思い出し、きゅっと胸が痛くなった。

亡き父も、娘に教えた知識が、まさかこんなところで役に立つとは思っていなかっただろう。

——ありがとう、お父様、私……とりあえず、逃げます！

安全のために一等船室の切符を買った。高価な切符を貧しげな少女が買ったことに、船員は不審そうな顔をしていた。だが、お仕えしている家の事情があるのだ、と説明すると、それ以上は踏み込んでこなかった。

無事船に乗り込み、甲板の長椅子に腰かけて、リシェルディは空を見上げた。

——私、一人で生きていける職業婦人になってみせる。誰にも頼らないで生きていける人に……。

リシェルディの心に、誰かの姿がよぎる。

それは、父か、母か、それとも今は思い出せない、遠い誰かの面影だったのか。

——もう辛い思いはしたくないわ。一人でがんばるのよ、がんばれるところまで。

海鳥が舞う、果てのない夏空がリシェルディの目を焼いた。

あの青い空を、今でもよく覚えている。

その日が、無鉄砲な女の子の旅立ちの第一日目であった。

リシェルディが降り立ったのは、父の所有していた別荘がある王都の、中央にほど近い港町だった。普段は領地で暮らしていた両親だが、ことあるごとに風光明媚な王都を訪れ、休暇を楽しんでいたものだ。

王都に本邸を構えることが許されるのは、国の中でも指折りの名門貴族だけだ。貴族としては中流以上だったリシェルディの両親も、本邸は領地に持っていた。

――つまり、王都で下働きの仕事を探せば、一流の雇用主に巡り会える可能性が高くなるはず。

世間知らずなりに、貴族にも上下があることは理解している。財力も家内の規律正しさも、家ごとに天と地ほどの差がある。

その証拠に、叔父だって一応男爵家の嫡男なのだ。叔父の父君は立派な人格者だったけれど、叔父は叔母と結婚しても素行が改まらなかったため、勘当されてしまった。そして、愚かな叔母は叔父の端正な顔だけに惹かれて、彼と行動をともにしてしまったらしい。父は何度も妹である叔母を戒めたと聞いているのだが。

あのときお兄様の助言どおりに別れておけばと、日毎恨みがましく垂れ流されていた叔母の愚痴を思い出し、リシェルディは慌てて首を振る。気が滅入ることを思い出すのはやめようと思った。

――まともそうなお宅を探して、できれば安全に働きたいわ。お仕事はがんばって覚えよう。

リシェルディは船を下りて、あたりを見回す。この港の光景はよく覚えている。乗る船こそ違ったけれど、別荘を訪れる時にいつも目にしていた光景だ。

とりあえず、懐かしい両親の別荘をひと目見ようと、リシェルディは慣れた道をゆっくりと歩き出す。近所にはいくつか貴族の家もあったはずだ。市場の光景や道行く人々の会話の上品な抑揚が、いかにも王都にきたのだと実感させる。

――よかった。道は忘れていないみたい。

記憶が保たれていたことにほっとしつつ、リシェルディは緩やかな坂道を歩いた。海がだんだん遠ざかり、手入れされた緑の針葉樹が並ぶ街路にさしかかった。

そのとき、エプロンを広げた女の子たちが、向こうから走ってくるのが見えた。

「銅貨を落とさずに歩けるかしら？」

広げたエプロンの中に葉っぱや木の実を入れた女の子たちが、楽しげにリシェルディとすれ違う。

なんだろう、と思い、リシェルディは振り返って女の子たちの華奢な背中を見送った。

しばらくぼんやりと考えていると、不意に「花祭り」という言葉が浮かんだ。思わず手を叩きそうになりながら、リシェルディは一人、微笑みを浮かべる。

——そうだ、もうすぐ花祭りの季節なんだわ！　あの子たちは今年で十五歳になるのね。広げたエプロンに銅貨を入れてもらって、落とさずに歩く練習をしているんだわ。

花祭りというのは、夏の盛りに行われる祭りである。

冷涼な気候のこの国では、夏に最も多くの花が咲き乱れる。

その中でもフロリアと呼ばれる白いふわふわした花は、とても香りが良く、見た目も美しいために、国花として人々から愛されていた。

花祭りは、フロリアの盛りを祝うお祭りだ。

その年に十五歳になる女の子たちが、手作りの白いエプロンを身に着けて、花で飾られた道を歩く。

人々はすれ違った女の子が広げる白いエプロンに、銅貨を入れてあげるのが習わしだった。

銅貨をたくさんもらえた女の子は幸せな花嫁になれるし、女の子に銅貨をあげた人々にも花の妖精が幸せを届けてくれるという。

そして、婚約者がいる女の子は、集まった銅貨を袋に入れて、口を縛って婚約者に贈るのだ。

そうすると銅貨の袋を受け取った男の子も幸せになり、二人の結婚生活は末永く円満に続くと言われていた。

『貴方も十五歳になったら、花祭りの行列に参加させていただきましょうね』

優しい母の声が、不意に耳元で響いた。

リシェルディは驚いて、思わず口に出してつぶやいてしまった。

「お母様……？」

今はいないはずの母の声が、鮮やかに聞こえた気がした。リシェルディは晴れ渡った空を見上げ、それから、いるはずのない母の姿を捜す。

――幻聴よね？

船旅で疲れたのかもしれない。首を振るリシェルディの背後で、今度は若い男性の声が響いた。

『俺は立派な騎士になって、君を幸せにしてみせる』

知らない声だった。振り返ったリシェルディの目の前には、やはり、誰もいない。

鳥のさえずりと、先ほど通り過ぎた少女たちのはしゃぐ声が、かすかにリシェルディの耳を震わせる。

――何、今の……。

無意識に手を上げ、額を押さえながら、リシェルディは体温を確かめた。

もしかして、また熱でも出して、頭に何らかの問題が起きたのではと不安に思ったが、時折悩まされるあの頭痛は感じない。今の幻聴は、おそらく疲れからくるものなのだろう。

——船酔いかも！　気にしちゃだめよ。また頭が痛くなったら困るわ。

そう自分に言い聞かせ、リシェルディは再び歩き出した。

——懐かしいな。最後にこの別荘で過ごした夏が、ずっと昔のことみたい。私もあのエプロンを着て、お祭りに参加したかった。

リシェルディの視界に、懐かしい両親の別荘の姿が飛び込んでくる。門は針金でくくられ『売り出し中』という汚れた札がかかっていた。

——あんなに綺麗だったうちの別荘が！

荒れた庭の様子が胸に迫り、リシェルディは門の前に立ち尽くす。涙が滲んできて、抑えることができない。今のリシェルディには、泣いている余裕なんかないのに。

——お父様、私、お父様みたいな素晴らしい事業家になります。それで、それでもう誰にも頼らないで生きていくから……。

笑顔の両親や、気立てのいい使用人たちに囲まれた幸せな暮らしの記憶が、リシェルディの胸に溢れ出した。

こらえてもこらえても、ぼろぼろと涙がこぼれ出す。

——お父様、お母様……。

泣きじゃくりながら、リシェルディは改めて心に誓った。

自分は絶対に、お金を稼いで、自立して、幸せになる。誰にも頼らずに、もう一度幸せになってみせる。もう誰とも悲しいお別れはしたくない。

止まらない涙を何度も拭い、リシェルディはかつての別荘の門に背中を向けた。

汚れた顔のまま、勢いをつけてずんずん歩く。

別荘の近所に何があるのかよく覚えていない。だが、なんとなく、この先にすごいお屋敷があったような気がする。

そこに行けば何かがそう、きっと、いい仕事が見つかる気がする。

――この先に、何か素敵なものがあるような気がするわ。私、そこに行かなくちゃ。

歩き続けるリシェルディを、二頭立ての見事な馬車が追い抜いた。馬車に飾られた大きな紋章は、上流の貴族のものだ。家紋らしき文様に花が象《かたど》られていることからもそのことがわかる。この国では、花の紋を持つことが許されるのは、王族と、侯爵家以上の貴族だけだからだ。

――きっと大貴族のお屋敷があるんだわ！

そこで勤め先が見つからないかと、リシェルディは馬車を追う。

五分ぐらい走り続けた彼女の目に飛び込んできたのは息を呑むような、壮麗なお屋敷だった。

その屋敷こそが、彼女の職場となる、王国屈指の大貴族、リーテリア侯爵家の邸宅であった。

あの日から二年。

リシェルディは、リーテリア家の厨房や庭まわりの仕事をする下働きの娘として、ひっそりと暮らしていた。

――それにしても、今思えば怖いもの知らずだったわ。身元も怪しい孤児なのに、リーテリア家に雇用してもらえる気満々で門を叩くなんて……。

運良く、面接に出てきた家令に目を留めてもらえたおかげだ。リシェルディは、リーテリア家の知己であったとある令嬢によく似ているらしく、家令はそのことに縁を感じたのだという。

家令は何度も、身分証とリシェルディの顔を見比べて尋ねた。

『君は私のことを知らないかね……？　どうも私は、君に似たご令嬢を知っているような……いや、そんなことがあり得るはずがないか。戸籍の名前が違うからな』

正式な身分証に刻まれたリシェルディの名前と顔を見比べながら、家令が己に言い聞かせるように口にしていたことを覚えている。

家令の知り合いのお嬢様にそっくり、そんな偶然みたいな理由で、リシェルディはリーテリア家から追い返されずに済んだのだ。

そして今、リシェルディの勤め先であるリーテリア侯爵家の空気は、いつになく華やいでいた。

嫡男のカイルが赴任先から帰還したからだ。数年前より南部の国境警備軍で将校としての経験を積んでいたが、このたび晴れて役務を終えたのだという。

歳は二十二歳、精悍な美貌の持ち主であるカイルは、この国の貴族令嬢たちにとっては『最高の旦那様候補』であるそうだ。

なんでもカイルは、数年前に婚約者だった少女を亡くしたらしい。それ以降、彼は婚約も恋愛も拒み、頑なに騎士としての修行に励んできたのだという。

これらはすべて屋敷の使用人たちから聞いた噂だが、古株の彼らの言うことなので間違いない話なのだろう。

——悲劇的な人生を送っていらっしゃるのね、まだ二十二歳なのに婚約者を亡くしているなんてお気の毒だわ。

リシェルディがカイルに対して抱いた感想はその程度だった。リーテリア家の跡継ぎなんて所詮は雲の上の人、リシェルディにはなんの関係もない存在だからだ。

数年前に長女のレオノーラが王家に嫁ぎ、若々しい華やぎが失われたと囁かれていたリーテリア家だが、カイルが任地から戻ってきたことで様子は一変した。

娘をカイルに嫁がせたいと考える貴族の出入りが増えたのだ。年頃の娘を持つ貴族は皆、虎視眈々とカイルの妻の座に娘を押し込もうと狙っているらしい。

リシェルディもお客様用のお菓子を作るために、毎日粉ふるいやクリームのかき混ぜ、果物の皮をむく作業に従事していた。

今日も今日とて、カイルの花嫁候補であるご令嬢が、貴族の両親に連れられてやってくる。屋敷中が奥様のお召し替えだの、花の飾りつけだのと浮足立っている。もちろんリシェルディだって、やること満載で大忙しだ。

「それは、何に使うんだ」

不意に静かな声で尋ねられ、リシェルディは顔を上げた。同時にビクッとなって、必死でかき混ぜていたクリームのボウルを落としそうになってしまう。

なぜならば、目の前に立っていたのは令息のカイルだったからだ。

カイルは、屋敷に戻ってきた日から、二日に一度ほどの割合でリシェルディに声をかけてくる。『珍しい髪の色だな』と話しかけてきたのがきっかけだった。

たしかにリシェルディの髪は珍しい色合いをしている。白金でもなく、白髪でもなく、銀色にキラキラ光り、光の加減で金色のヴェールをかけたように見えるのだ。父が『満月の光のようだ』と褒めてくれた自慢の髪だったが、変な男に目をつけられるきっかけにもなるので、正直今は持て余している。

らしい。

どうやらこの髪の色は、初めて声をかけられた日以来、カイルの興味を引いてしまったらしい。

しかし、カイルに目をかけられ頻繁に話しかけられてもリシェルディには不利益しかない。仕事の手を止め、御曹司とおしゃべりしているところなんか見られたら、使用人頭にどんなに叱られることか。それに侍女たちにも嫌味を言われる。『カイル様に媚を売ろうなんて百年早いわよ！』と髪を引っ張られて嫌がらせされるのだ。

それなのに、カイルは日に日に距離を詰めてきている感じがする。初日は一言声をかけた程度で去ってくれたけれど、今はかなりの時間色々と話しかけられるようになって、リシェルディは正直困っているのだ。

――カイル様、早くどこかへ行ってくださらないかな……。

リシェルディは途方に暮れながら、口を開いた。

「あ、あの、これはお菓子の材料でございます」

しかし、小さな声で質問に答えてみせても、相変わらずカイルの視線はじっとリシェルディに注がれたままだ。

困り果ててうつむくと、異変に気づいた厨房長が、素早くやってきて、リシェルディに代わってカイルに応対してくれた。

「いかがされましたか、カイル様。何か軽く召し上がれるものでもお持ちいたしましょうか？」

厨房長はリシェルディが受け答えに失敗し、カイルの不興を買っては可哀想だと思ってくれたのだろう。六十歳近い彼は、若い頃の自分の娘に雰囲気が似ていると言って、リシエルディをそれなりに可愛がってくれている。彼女を庇ってくれる唯一の存在だと言ってもいい。

しかしカイルは厨房長の言葉に首を振った。

「腹は減っていない。彼女がかき回しているものを何に使うのかと思ってな」

リシェルディは、ますます身を縮めて厨房長の影に隠れた。

こういう風に無意味に話しかけてくる男性は昔から苦手だ。リシェルディはこの国では珍しい銀髪紫瞳で、母譲りのそれなりに整った顔もあって人目を引いてしまう。

屋敷に出入りする八百屋や魚屋、それにふらりと庭を散歩していた客の貴族などに『珍しい髪の色だね』と言われ付きまとわれたのは、彼女にとっては忌まわしい思い出だ。

求愛の手紙をよこされたり、二人で出かけようと言われたり、べたべた触られたり。男性にされたいやだったことが悪夢のように蘇る。しつこくされて面倒ばかりが増えるので、男性に注目されるのはごめんなのだ。

だから前髪を伸ばして顔を隠し、髪の手入れも怠ってわざとボサボサにして、それを三つ編みにして背中に放り出しているのに……。

身構えるリシェルディを庇うように、厨房長が続けた。

「カイル様、この娘が作っているクリームは、今日いらっしゃるお客様用のケーキの飾りに使用いたします。あの、もしかしてお出しするお菓子の内容に変更がございますか？」

カイルは首を振り、じっとリシェルディを見つめた。ぞくりとするほど美しい男だが、その端正な顔からは何を考えているのか読み取れない。リシェルディは彼の視線から逃れるように背を向け、無言でクリームをかき回し続けた。

「今日もまた家中が華やいでいてよろしゅうございますね。カイル様がようやく奥様を娶《めと》られる気になられて、我々一同もほっとしております。お料理は腕を振るわせていただきますね」

「……いや……俺は……まあいい。またくる」

カイルはそう言って、踵を返す。一体何をしにきたのだろうと肩をすくめたリシェルディは、振り返った彼と目が合ってしまった。

黒い形のいい目が、リシェルディを射抜くように見つめている。恐ろしくなり、リシェルディはそっと目をそらした。

――カイル様は苦手。見られるとなんだか落ち着かないわ……。

リシェルディは、うまく彼をいなしてくれた厨房長に心の中で感謝しつつ、そっとため息をつく。

カイルが戻ってきてからというもの、リシェルディの仕事は忙しくなる一方なのだ。毎日遅くまで野菜や果物を洗ったり、広間の絨毯のゴミを取ったり、グラスをピカピカに磨いたり。来客の増加とともに宴の回数も増え、厨房の補助作業の方もてんてこ舞いである。同時に、客の目に触れる庭も美しく保ちたいということで、今まで以上に草むしりを命じられるようになってしまった。

もちろん、がんばった分は給与に反映されるのだが、あまり丈夫でないリシェルディは毎日気を失うようにしてベッドに崩れ落ちていた。

——お金を稼ぐのは本当に大変。しかも、私、お父様みたいに大金を稼げていないわ。やっぱり『事業を起こす』のが必要なのよ。まず何をすればいいのかしら……？

狭くて冷える部屋で、給金で買った毛布をかぶってリシェルディは丸くなる。両親が生きていた頃は想像もつかなかったような暮らしだが、他の使用人曰く『個室をいただけるだけ、リーテリア家の待遇は素晴らしい』そうなのである。たしかに、お嬢様育ちで使用人たちとの会話が苦手なリシェルディには、使用人たちのおしゃべりに付き合いながら相部屋で暮らすなんて無理だっただろう。

——私は運が良かったの。いい勤め先で良かった。

幸せだった頃の暮らしを思うと心が沈み込みそうになるが、リシェルディはあえてその気持ちを振り払った。いったん沈み始めたら、どこまでも沈んでいってしまう。悲しみに呑まれてつぶれてしまってはいけない。命ある限りは、人生を改善していかなくては。自分にそう言い聞かせながらリシェルディィはそっと目を閉じる。

――明日もいい日でありますように。クリームのツノがうまく立ちますように！

しかし、リシェルディの平和な日々は、長くは続かなかった。

誰よりも早起きしたリシェルディは、もこもこに着膨れて凍てつく庭に飛び出した。命じられる仕事が多すぎて、普段の時間に起きるのでは間に合わなくなってきたのだ。

――うう、辛い。カイル様、早く結婚しないかなぁ……お客様が多すぎるせいで、仕事がすごく増えて、お金は貯まるけど、眠い。

来客の目に留まる範囲の庭の草をむしっていたリシェルディは、背後に立つ人の気配に顔を上げた。

同時に、腰を抜かしそうになる。

なぜならそこに立っていたのはカイルだったからだ。まだ日が昇ったばかりの時間なのに、御曹司様がなぜ、と思うが、驚きすぎて声が出せない。

「あ、あ、あの」

「おはよう」

礼儀正しく挨拶をされ、両親に厳しくしつけられたリシェルディは、思わず立ち上がり、真面目に挨拶を返してしまった。

「お、おはようございます、カイル様」

下働きの娘がするには不釣り合いなほど優雅に一礼したリシェルディの仕草に、カイルがかすかに目を細める。いつも無表情なカイルの笑顔を見るのは初めてかもしれない。リシェルディは落ち着かなくなり、美貌を華やかに彩るその笑顔から目をそらした。

「頼みがあってきた。窓から君の姿が見えて」

リシェルディは、白い息を吐きながらじりじりとあとずさる。侯爵家の御曹司に失礼な態度も取れず、どうすればいいのかわからない。助けを求めて周囲を見回すが、早朝の草むしり当番は毎朝一人ずつ割り当てられるためか、他の使用人たちの姿は見えない。

「はい……お茶でしょうか……？　部屋付きの侍女の方に伝言しておきます。しばらくお待ちくださいませ」

リシェルディの今の身分では、侯爵一家の居住領域への出入りは禁止されている。カイルに頼まれても、彼の部屋にお茶を届けることはできないのだ。

「そうではなく、君自身に頼みがある」

カイルは真剣な顔をしている。リシェルディは冷え始めた両手を身体の前で組み合わせ、無言でカイルを見上げた。彼の視線が一瞬手の甲に走り、それから何か物思わしげに伏せられた。

——今、何を見たのかしら？

不思議に思い、リシェルディは自分の手の甲を確認した。何もない。カサカサの荒れた手の甲だ。強いて言うなら昔作った火傷の痕があるくらいで。

「今日、何人かの貴族の令嬢が家にくる。俺の婚約者候補を決めるために選考会を開くのだそうだ。困っているので、君に手助けしてほしい」

「選考会でございますか？」

リシェルディは寒さに震えながら彼の言葉を繰り返す。大貴族の令嬢が、未来の夫を決めるために選考会を開くというのは聞いたことがあるが、逆は聞いたことがない。随分珍しい事態になったものだ。

「そうだ。俺の花嫁選びだが、申し出をしてくれるそれぞれの家の口出しが激しくなりすぎて収集がつかなくなってきた。どの家も『うちの娘を娶れ』と俺に言うばかりで引いてくれない。苦肉の策で、父上がこのような会を開くと言い出した。だが迷惑な話だ。俺自身に結婚の意志がないのだから、勘弁してもらいたいところだ」

「さようでございますか。お疲れ様でございます」

「だから君の力を貸してくれないか。俺は、どの令嬢を娶るのもいやだ」

意外すぎる言葉に、リシェルディは目を丸くしてしまった。カイルは一体何を言っているのだろう。下働きの疲れでぼろぼろになっているちっぽけな女の子に何ができるというのか。困り果てて次の言葉が出てこないリシェルディの肩に、カイルの手がかかる。

「やめてください、どうして私に声をおかけになったのでしょうか？」

「君にしか頼めないと思ったからだ」

振り払おうとした瞬間、カイルと目が合う。同時にふと不思議な感情がこみ上げた。懐かしいような温かいような……このところ感じたことのなかった、心の緩むような感覚だった。久しぶりに家族と再会したような気持ちがして、リシェルディは戸惑ってしまった。

——私、この方のこと……知っている？　ううん、知らないわ。お会いしたことがないもの……でも……。

カイルはかすかに屈んで、戸惑うリシェルディと目線の高さを合わせた。

「今日の選考会に俺の恋人のふりをして出てくれないか？」

「え……？」

ひときわ強い冷たい風が、リシェルディの前髪を吹き払った。

カイルの言葉の意味がわからなくて、リシェルディは何度も首を振る。

貴族が集まる選考会に出るなんて無理だ。彼の婚約者が亡くなったという話は聞いている。結婚したくない理由も、その婚約者に起因するものだろうというのも、皆の噂から想像はできる。愛する人を亡くしたカイルのことも可哀想だと思う。

だが、こんな話を受けるのは無理だ。

「頼む、こんなことで人生を決められたくないんだ。俺も自分の人生に夢を抱きたい」

無理です、と言いかけたリシェルディは、カイルの言葉に引っかかりを覚えて動きを止めた。

――人生に、夢を抱きたい?

リシェルディの脳裏に、父と訪れた様々な場所の思い出が蘇る。

美しい高原に、橙色《だいだい》の屋根が連なる漁村、見渡す限り麦の実った広大な畑。あの頃はどこに行くのも自分の自由だと思っていた。自分の未来には楽しいことがたくさん待っていて、夢が詰まっているのだと思っていた。

それは、今だって同じだ。どんなに悲しい経験をしても、リシェルディはまだ諦めていない。どん底に落ちたって、人生が拓《ひら》けるという夢は抱き続けていたい。

「夢……」

思わず繰り返したリシェルディの手を、カイルがそっと取った。真っ黒な瞳に吸い込まれそうになりながら、リシェルディは顔を上げる。

どきん、と心臓がひときわ激しい音を立てた。

無理もない。こんなに美しい男に見つめられたら、理性など度外視して感情が動いてしまう。誰だってそうに決まっている。

「一日だけでいい。君の仕事は他の者に代わってもらうように俺が手配するし、謝礼も払う」

リシェルディの荒れた小さな手を取ったまま、カイルが歩き出す。

――どうしよう、断らなきゃ。

しかし、なぜか、その手を振り払うことができなかった。リシェルディはカイルに手を引かれ、ゆっくりと彼のあとに続いて歩き出す。

――私、何をしているの。こんなお願い、聞く必要ないのに。

リシェルディはそっと唇を噛みしめた。

自分の人生に夢を抱きたい。そんな言葉くらいで、心動かされるはずがないのに……。


数時間後、リシェルディは別人のように着飾った姿で、普段は立ち入ることが許されていない侯爵邸の本館の広間に佇んでいた。

身にまとった薔薇色のドレスは、嫁いだカイルの姉が娘時代に着ていたものだという。少しだけ大きかったが、侍女たちがあっという間に身体に合わせて縫い直し、詰め物をしてごまかしてくれた。数年ぶりにまとったずっしりと重いきらめくドレスの着心地に、リシェルディは不思議な懐かしさを覚えた。

――私、お人好しすぎるのかもしれない……どうして引き受けてしまったんだろう。

リシェルディは小さく唇を噛み、カイルの言葉を反芻する。

なぜ彼は突然、『夢を抱きたい』なんて言い出したのだろう。赤の他人のリシェルディに……。あんな言葉を言われたら無下に振り払えない。無茶なことを言われても、なぜだか突き放せなかった。

――苦労して揉まれたつもりだったけれど、まだまだだわ。私は、甘い人間なのかも。

リシェルディは、目立たぬように壁際に立ったまま、あたりの様子をうかがった。

押しかけてきたどの家族も裕福な貴族なのだろう。しかし今目の前にいる人々の『名門リーテリア家に自分の娘を押し込みたい』と必死な姿は、リシェルディの目には優雅さとは程遠いものに感じられた。

「誰、あの娘」

これ見よがしにつぶやかれた一言に、リシェルディはぴくりと眉を動かした。だが、反応してはいけない。着せられたカイルの姉のドレスの裾を直し、リシェルディはすまし顔で姿勢を正した。

「どこかで見たような気がするが、どこでだろうな。あの顔に見覚えがあるような」

もしかしたら亡き母と会ったことがあるのかもしれない。だがあえて言うことでもないと、リシェルディは口を閉ざし続けた。

「お父様、聞いてないわよ、あんな人が出てくるなんて」

刺々しい空気にリシェルディはそっとため息をつく。美しく装っているのに、睨み合う令嬢たちは敵意に溢れている。

何がなんでも美貌の貴公子の心を射止め、未来のリーテリア侯爵夫人に納まりたいという気迫が伝わってくるようだ。

たしかにこの中からお嫁さんを選ぶなんてカイルも辛いだろう。体よく断りたいから手助けをしてくれ、と言われたのも頷ける。

もしかしたら、この形だけの選考会の他にも、裏では名家の令嬢との縁談も進んでいるのかもしれないが、古い家柄というのはなかなかに動きが遅いことが多い。それにカイルと釣り合う年頃の令嬢は、大概嫁ぎ先が決まってしまっているだろう。彼の花嫁探しは難航しているに違いない。

——婚約者の方さえ生きていらっしゃれば、こんなことにはならなかったでしょうに。カイル様もお気の毒だわ。

リシェルディは思わず、無茶を押しつけてきたカイルに同情してしまった。

そのとき広間の扉が開いて、カイルがリーテリア家の家令を伴って入ってきた。侯爵夫妻もその後ろに続いている。息子の婚約者選びの悶着が続いて疲れ切っているのか、どちらも表情が暗い。夫妻は同時にリシェルディに厳しい視線を走らせ、何か言いたげに視線を交わすと、礼儀正しい笑みを浮かべて『選考会』の出席者たちに一礼した。

——何かしら？　私などがここにいるから、ご不興を買ったのかしら？　頼まれたことなのに……。

不思議に思った時、家令がよく通る声で告げた。

「それでは皆様、恐れながら、筆記試験を開始させていただきます」

家令の言葉と同時に、会場となった広間がざわめいた。リシェルディの目に、なぜそんなことを、と不満を漏らす令嬢や、怒りの表情を浮かべる親たちの様子が飛び込んでくる。

――ああ、なるほど。リーテリア家の要求する水準に満たないお嬢様は、体よく追い払いたいのだわ……。

リシェルディは、すぐに合点した。言われたとおりに部屋に移り、指示された席に座る。不機嫌そうな令嬢が大きく息をつくのを横目で見ながら、伏せられた紙をじっと見つめた。

「書かれた内容に関して、解答をご記入ください。恐れながらお嬢様方には、リーテリア家の所領や、この家が負う義務についての基本的な素養を拝見させていただきます」

言われたとおりにページをめくり、リシェルディは質問に対して答えを書き込む。

南方駐屯軍の規模はたしか二個師団。南方駐屯軍の総責任者であるリーテリア侯爵は、爵位に就くと同時に国王騎士団の中将位に任ぜられることになっている。その際に与えられる勲章の色は白。少将以上は国花であるフロリアの色を象徴する白の勲章を与えられるのだ。

――ここまでは簡単だわ。

リシェルディは次の問題に目を走らせる。リーテリア侯爵は代々、年の三分の一を軍での役務に合わせて南部の領地で暮らすことに定められているはずだ。それから、カイルの母は、国境を接するマニリガ王国の国王の妹だ。友好国であるマニリガとの国交を更に改善するために、当時、王家の末の王女だったカイルの母を娶ったと聞いている。

——難しいことは何も聞かれないのね。

最後の問題は、カイルの仕事についてだった。家令が朝礼の席で話してくれたので、カイルが今何をしているのか、リシェルディも知っている。

カイルは今、騎士団の本部で幹部候補生として訓練されているはずだ。いわゆる精鋭中の精鋭として、出世街道を歩んでいると聞いている。

問題を解き終え、リシェルディは姿勢を正し、ペンを置いた。問題数は多いものの、こんな簡単な問題で選考なんてできるのだろうか。しばらく待っていると、家令が解答用紙を回収にやってきた。

「一つもわからなかったわ！　なんなのあの問題、ばかにして」

後ろの席の令嬢が毒づくのが耳に届き、リシェルディは思わず目を丸くする。同時に家令の声が響いた。

「続いての試験は楽器の演奏になります。エルトール王国では年に数回、貴婦人たちの音楽会が催されます。ありがたいことにリーテリア家にも参加のお声がけをいただいておりますので、最低限の演奏技術は確認させていただきます。楽器は鍵盤楽器、横笛、弦楽器のいずれかからお選びください」

『貴婦人たちの音楽会』のことはリシェルディもよく知っている。

美しいドレスで着飾った貴族の奥方や令嬢が、玄人はだしの素晴らしい演奏を聞かせてくれるエルトール王国の名物行事だ。観覧の招待を受けられなかった一般客の中には、特別観覧券を買うために徹夜をする人もいるほどの人気だと聞く。

そもそも貴族に対しては、基礎以上の芸術的素養を求められるのが、文化を尊ぶこの国の気風である。リーテリア家に嫁ぐにいたって、楽器の腕前を確認されても不思議はない。

——まあ、今日の試験は落とすための試験なのでしょうけどね……よかった、横笛を昔から習っていて。

リシェルディは人知れずため息をつく。

リーテリア家ほどの貴族ともなれば、奥方もただ美しく着飾っていればいい存在ではない。

王宮中心に執り行われる文化行事の先導者となって様々な企画を立ち上げねばならないし、大掛かりな慈善事業会の会長も務めねばならない。年の三分の一は夫に従って任地に下ることも要求される。任地では、南方駐屯軍の将校たちの奥方を取りまとめて、軍の後援活動の責任者にもならなくてはいけない。

リーテリア侯爵夫人は高位の軍人の妻でもあるのだから、多くを求められて当然なのだが。この試験に文句を言っている令嬢たちは、そのことを本当にわかっているのだろうか。

その日の試験は夕方過ぎまで続き、リシェルディはなんだか気疲れしてしまった。楽器の試験では、試験官に褒められると同時に令嬢の親御さんたちに睨まれ、ダンスの試験では一人だけ露骨に拍手をもらえなかった。最後の口頭試験では何度も割り込まれて話を遮られるし、周囲の敵意が強すぎてぐったりしてしまった。

――割に合わないわ。クリームを混ぜる練習の方がずっと楽しい。成功すればツノが立つもの……。

リシェルディは借りていたカイルの姉のドレスを脱いで、汚れがないかを丁寧に確かめ、最後に形を整えて吊るした。

まだ厨房では山のように仕事があるはずだ。美しく結い上げられた髪から飾りを抜き、すべて鏡の前に並べる。首飾りや指輪も同様だ。間違って持ち帰って『盗った』などと言われたら大変だ。

――さ、失礼しようっと。

髪を三つ編みに直し、いつもの下働きの制服に着替えたリシェルディは、控えの間からこっそり抜け出し、厨房に走った。

「お待たせいたしました。今戻りました」

若手の調理師が顔も上げずに『どこ行ってたんだよ』と怒声を上げる。来客の食事作りに忙しく、イライラしているのだろう。リシェルディは慌てて、投げつけるように渡された野菜を洗い始めた。冷たい水に、手があっという間に真っ赤になる。日常に戻ってきたなと思いながら、リシェルディは与えられた作業に集中した。

——本当に疲れてしまったわ。カイル様、ちゃんとお給金くださるのかしら。貴族の若様だから、お金にこだわりがなさそうだし、そういう約束は忘れちゃいそうね。

半ば諦めの気持ちで慌ただしい作業を終え、くたびれ切ったリシェルディは厨房の隅に置かれた椅子に腰かけた。

そのときだった。入口のあたりがざわざわと騒がしくなる。リシェルディは眠い目を擦って様子をうかがう。そこに立っていたのはカイルだった。忙しい一日だったので使用人たちの慰労にでもきたのだろうか。

「あれ、カイル様……？　ご衣装が汚れます、何か御用でしょうか」

先ほどリシェルディを叱りつけた若者が、慌てて厨房に姿を見せたカイルを出迎える。

「お茶菓子であれば、侍女に届けさせますが」

「いや、彼女に用があるんだ」

疲れ切って椅子の上で放心していたリシェルディは、近づく気配にため息をついた。

――カイル様だわ。また何かさせられるのかしら？　今日はもう疲れたんだけど……。

いかにも貴族らしく着飾ったカイルが、まるで貴婦人にするかのように汚れた厨房の床に跪《ひざまず》き、椅子に座り込んでいるリシェルディの手を取った。リシェルディは、洗練を極めたカイルの仕草に釣られて姿勢を正し、手を差し出してしまう。

だが、一瞬後、自分が貴族のお嬢様のように振る舞ってしまったことに気づいてはっとした。

一日中ご令嬢風に上品にしていたせいで、ついつい昔両親にしつけられたとおりの振る舞いが出てしまったのだ。

厨房の人たちが驚いたようにリシェルディを見ている。カイルがリシェルディの指に接吻をして立ち上がった。

「今日は本当にありがとう。おかげで助かった。ちょっと話があるからきてくれないか」

「え、あ、あの……私……」

絶句する厨房の人々を振り返り、リシェルディは慌てて首を振った。

「大事な話なんだ」

低いカイルの声が静まり返った厨房に響く。

手を取られたまま冷え切った庭に引っ張り出され、リシェルディは思わず身を震わせた。

寒さのあまり自分の身体を抱きしめているリシェルディの様子に気づいたのか、カイルが豪奢な上着を脱いで、リシェルディに着せかけてくれた。

なぜ、下働きの娘のためにここまでしてくれるのだろう。リシェルディは唖然として、遠慮することも忘れてしまった。

男物の上着は分厚くて重く、リシェルディの痩せた身体に、残っていたカイルのぬくもりが伝わる。

「今日の試験はありがとう。彼らに対して失礼だと思ったのだが、ああしなければ引き下がらず何度も押しかけてきそうで困っていたんだ。父の仕事柄、無下にもできない家柄の方たちばかりで」

真っ暗な空から、ふわふわと白いものが舞い落ちてくる。雪だ、と思った瞬間、リシェルディの両手を取って、カイルが自分の方にそっと引き寄せた。

「リシェルディ、もう少し俺を助けてくれないか、今日のように」

力のある視線に射貫かれ、リシェルディは何も言えずに唇を震わせた。冷えた空気に漂うかすかな匂いは、彼の服に侍女が焚きしめた香か何かなのだろうか。とても懐かしくて心に染み入るような匂いだ。

——やっぱり私、カイル様とどこかでお会いしたかも……？

そう思った瞬間、カイルが温度の失われたリシェルディの手を包み込むように握り直した。大きな力強い手だ。昔誰かにこうやって手を握ってもらった気がする。父だろうか、祖父だろうか、それとも別の誰かだろうか。

「頼む、俺の妻になってくれ」

カイルの言葉の意味がわからず、リシェルディはゆっくりと瞬きをした。

雪の勢いが増す。黒髪をうっすら白く染めながら、薄着のままカイルが言った。

「妻に迎えるなら、君がいい。試験の結果を見て両親も納得してくれた。素晴らしかった。皆、君は満点だと太鼓判を押してくれた……頼む、俺を助けると思って、お願いしたい」

「そうなんですか」

全く頭が働かず、リシェルディはぼんやりと相槌を打ってしまった。明日は積もりそうだな、と思いながらリシェルディは放心したままカイルの次の言葉を待つ。

「受けてくれるのか」

リシェルディは我に返り、慌てて首を横に振る。わけのわからないことに巻き込まないでほしい。そう思いながらひたすら首を振り続けるリシェルディの手をぎゅっと握り、カイルが言った。

「俺はこの先もああやって、妻になりたいと望んでくれる令嬢たちを断り続けねばならない。申し訳ないし、正直言えば俺も疲れる」

「どうして断り続けるんですか？　ふさわしい方が見つかったのなら、その方と一緒になられればいいのでは？」

「昔、妻に迎えたいと思っていた人がいたんだ。彼女以外の人が俺のそばにいることに強い違和感がある。でも、君ならば、その違和感を覚えずに済む」

リシェルディの脳裏に、『カイル様は婚約者の令嬢を亡くされた』という噂が蘇る。

「あの……カイル様、それって」

言いかけて、リシェルディは慌てて唇を噛んだ。

――ばか、私、また同情してカイル様の話を聞こうとしてしまったわ。そんなことをしたらまた面倒を押しつけられるのに……！

リシェルディの表情が揺れたことに気づいたのか、カイルがかすかに微笑んで続けた。

「君には言い交わした相手でもいるのか」

正直に首を横に振ってしまったリシェルディは、自分の顔をつねりたくなった。恋人がいると言えばよかったのに。しかし両親に嘘は良くないとしつけられたせいで、とっさに人を偽る言葉が出てこないのだ。

「そうか。それはよかった。俺はそこそこましな夫になると思うが、どうだ」

「困ります。お断りします。私、働かないと生活できないので、カイル様にこれ以上お付き合いできません。申し訳ありませんが、失礼します」

上着を脱いで返そうとしたリシェルディに、カイルがふと思いついたように言った。

「……働く？　なるほど。ではもしも、これが仕事だとしたら引き受けてくれるのか」

かすかに首を傾げ、カイルは言った。リシェルディは彼の言葉を測りかね、ゆっくりと彼の手を振りほどく。

「何を言ってらっしゃるの？　結婚は仕事ではありませんわ、カイル様」

「人助けとして考えてくれ。君は見たところ……そうだな、使用人に扮した貴族の令嬢のように見える。俺たちの暮らす階級の常識もすべてわきまえているようだし、教養もある。だからこそ頼みたい。俺が妻を娶らなくて済むよう、俺の風よけになってくれないか。もちろん謝礼は充分に払おう」

懐から取り出したリーテリア家の印が押された小切手帳を、カイルが一枚切って差し出した。

「好きな数字を書いてくれていい」

あまりのことにリシェルディの足が震えだす。カイルは何をやけっぱちになっているのだろう。こんなことは許されるはずがないのに。

しかし正直に言うと、白紙の小切手はちょっとだけ魅力的だった。二年分くらいのリシェルディの給金の額を書いて突き返せば『高すぎる』と言われるだろうか。持ち前の好奇心が疼いて、リシェルディは尋ねてしまった。

「奥様役として、私を雇うということですか？」

「ああ、君がそれで納得してくれるなら」

「するはずがありません。政略結婚がおいやなら、お好きになれる相手を見つけるべきです。では失礼いたしま……す……」

きっぱりと首を振りかけたリシェルディは、カイルの表情を見て動きを止めた。

カイルがひどく苦しげな顔をしていたからだ。

——どうしてそんな顔で私をご覧になるの……？

カイルはかすかに眉をひそめ、ぎゅっと唇を引き結んでいる。リシェルディには、彼のその表情が大きな苦しみを抱えている人のものに見えてしまった。

カイルに共感などしたくないのに、心が揺れる。両親を失い、家を失い、死にかけ、叔父と叔母から虐待に近い扱いを受け続けて、とても辛い思いをしてきた過去が、カイルの苦しげな表情に釣られて呼び起こされてしまう。

それに、悲しみの滲んだ黒い目を見た瞬間、カイルの心が流す血の匂いが嗅ぎ取れたような気がしてしまった。彼も自分と同じなのだ、過去に大きな傷を負って、その傷が癒えないまま生きているのだと……不思議とそう感じてしまった。

けれど同時に、狡いとも思う。

そんな痛々しい顔をされたら、少しくらい話を聞いてもいいと思ってしまうではないか。

なぜこのようなおかしな申し出をするのかと、尋ねたくなってしまうではないか。

「ではどうすればいい？　どうすれば君はこの話を受けてくれる？」

リシェルディの肩に上着をもう一度着せかけながら、カイルが静かに問う。

――だめ、私、何を言おうとしているの……。

リシェルディはカイルの目を見つめ、唇を開いた。

愚かなことだと自分でもわかっているのに、つまらない助け舟を出そうとしてしまっている。

「たとえば、期限を区切ってくださるのであれば検討しやすいかもしれませんね。一ヶ月とか、二ヶ月とか。それから、白紙の小切手なんて、使用人においそれとお渡しになってはいけません」

言い終えて、リシェルディはそっと唇を噛んだ。やはり自分はあれだけ辛い経験をしてきても、お嬢様気質の抜けないお人好しのままだ。なぜこんなことを教えてあげているのだろう。

「そんなことまで心配してくれるなんて、君は人がいいんだな。では期間と金額を決めよう。半年で、五年分の君の給金を支払う。三ヶ月ほどは結婚に向けての準備調整期間で、その後の三ヶ月、俺の妻として振る舞ってくれないか」

五年分という言葉に驚いて、リシェルディは再び脱ぎかけていたカイルの上着を落としそうになってしまった。慌ててそれを胸に抱きしめ、無表情なままのカイルを見上げる。

お金の話に反応するなんて貴婦人失格だけれど、お金はあればあるほど助かるのだ。

女一人で世間という大海原に漕ぎ出すには、できるだけ頑丈な船が必要だ。このまま雑用で疲弊して、好きになれない男たちに付きまとわれて逃げ回るだけの人生なんていやだ。父ほどの事業家にはなれなくても、少しでも自分の力で世間を渡っていける人間になりたい。そのための機会なら、たとえ軽蔑されても掴みたい。

だが同時に、こんな話は間違っているとも思う。結婚という尊い行為を『雇用』という形で貶めてよいのだろうか。カイルは本当にそんなことをして幸せになれるのか。いや、リシェルディにカイルを心配する義理なんてない。大金が手に入る機会があるのなら、なりふり構わずそれを掴みに行かなければ、一生道なんて拓けないかもしれない。

リシェルディは葛藤の末、唇を開いた。

「お金を……いただけるなら……私は、お金が必要なので……」

リシェルディは、気力を振り絞って答えを絞り出した。この答えが正しいのか間違っているのかは、わからない。

カイルが、そっとリシェルディの手を取る。彼は雪が積もり始めた白い地面に跪き、リシェルディの手の甲に口づけた。

この選択が吉と出るか凶と出るか。リシェルディは息を詰めてカイルの言葉を待った。

粉雪舞う夜を背景に、カイルがリシェルディを見上げた。凍える風のせいで血色を失い始めた唇で、彼ははっきりと言った。

「感謝する、リシェルディ・ノーマン。俺は君を大切にすると誓う」

第二章　想定外の新婚生活

結婚式を終え、リシェルディはカイルと二人、別邸に移り住むことになった。侯爵夫妻は、不思議なほど息子夫婦に介入してこなかった。これほどまでに身分の違う結婚に、夫妻が反対しなかったのはなぜなのだろう。そのことが不思議でたまらなかったが、もしかしたらカイルが裏で動いて、両親をうまく説得したのかもしれない。

リーテリア家の本邸からほど近い場所に、カイルとリシェルディが与えられた新居はあった。

とても広い新居であるが、カイル曰く、リーテリア家の先代夫人であった亡き祖母が、趣味にふけって暮らしていた小さな別邸、だという。

使用人の数もそれほど多くない。リシェルディが気を使わずに済むようにと、ほとんど面識のない者たちが選ばれて、連れてこられている。

「リシェルディ、あそこには何を植えたい？」

窓辺に立ち、地面がむき出しになった庭を指差しながらカイルが言った。

一方、肩を抱かれているリシェルディは、緊張しすぎて植える花など思いつけなかった。カイルとの距離が近すぎるのだ。

「ひ、人が見ていない場所でも、このように接触する必要があるのですか？」

「もちろんだ。普段の行動を、理想の姿に近づけるべきだからな。俺たちは仲のいい新婚だろう？」

あっさりとそう答えられ、リシェルディは蚊の鳴くような声でわかりました、と答える。

しかし、大きな手の感触が気になって仕方がない。

身に着けているドレスが薄い生地だからかもしれないが、傍らのカイルの体温が伝わってきて落ち着かない。

――ううん、ドレスの生地のせいではないわ。密着しすぎなの、私たちが。

棒のように立ち尽くしたまま、リシェルディは一生懸命この庭に合いそうな花は何かを考えた。

二人の好みで整えるように、と言われた庭は花が少なく、なんとなく寂しげな感じがする。庭というのは主《あるじ》の好みで設計されるものなので、あえてこのように場所を空けてくれたのだろう。

緊張しながら庭を眺めていたリシェルディは、ふと思いついたことを口にした。

「カイル様、あ、あの、お花ですけれども、フロリアを植えるのはいかがでしょうか。開花期間も長いですし、今から植えれば盛りの時期に楽しむことができます。それとももう少し高さのある、薔薇などの花樹がよろしいでしょうか？　もしくは背景に観葉樹の生け垣を作って、その周りに日陰を好む青系の花を植えるとか」

園芸が好きだった母のおかげで、リシェルディも庭のことには多少詳しい。

両親と暮らしていた家の庭も、別荘の庭も、意匠を凝らした作りで、花に溢れていてとても居心地が良かった。

もし許されるのであれば、三ヶ月後にここを発つまでの間に、少しでも心癒されるような庭にしたいと思う。

「詳しいんだな」

カイルの言葉に、リシェルディは小さく首を振った。

「いつも、リーテリア家のお庭を拝見しておりましたから……それほど詳しくはございません」

優しかった母の記憶を心の隅に押しやり、リシェルディはあえて笑みを浮かべた。

その答えに、カイルが微笑んで、リシェルディの顔に触れた。

「そうか、フロリアが好きか」

指先が頬を滑り、リシェルディの顎を上向かせる。

何を、と言いかけたリシェルディの唇に、カイルの唇が軽く触れた。

驚きで、リシェルディの身体がびくんと震えた。

——あ……何を……。

やめてください、と言うべきだとわかっていた。なのに、動くことができなかった。石

にでもなってしまったかのように、身体が動かない。

リシェルディの背中をそっと抱き寄せ、カイルが囁きかける。

「では、フロリアを植えよう。俺も昔から好きだ」

抱きしめられているのだ、と気づき、リシェルディは思わず彼の胸を押しのける。

「あ、あの……放して……」

「このくらいは慣れてもらわないと困るな」

「で、でも、でもっ」

更に深く優しく抱き寄せられ、リシェルディは微動だにできなくなった。自分の鼓動が、普段の倍くらいの速さになったことに気づき、ますます落ち着かない気持ちになってしまう。

——あ、あれ……?

彼を押しのけようとした瞬間、リシェルディの心がふんわりと温かくなった。

この感触と温かさを、知っている気がする。とても懐かしくて大切な何か。

——なんだか安心する……私、絶対に、前にも誰かとこんな風に……。

リシェルディはカイルの胸に身を預けたまま、必死に考えを巡らす。

抜け落ちてしまった記憶と関係があることだろうか。

だが、自分は両親にしっかり監督されていたし、男性に不用意に近づいたりしなかったはず。だとしたら、この感覚はなんなのだろう。

吸い寄せられるように身を預けていたリシェルディは、扉を叩く音で我に返った。

「誰だ？」

「カイル様、ご依頼いただいていた調査の中間報告です。エイミア女史への本日分の聞き取りが完了しました」

返ってきた応答に、カイルがリシェルディを抱きしめていた腕を緩める。

エイミアという名前に、リシェルディは小さく目を見張った。

なぜならば、エイミアというのは、リシェルディを引き取った叔母の名だったからだ。

しかし、エルトール王国には『エイミア』という名前の女性が多い。リシェルディの女学校の友達にも何人かいたほどなので、女性に最も多い名前の一つかもしれない。だから、叔母とは限らないのだが、少し不安を感じる。

もし叔母が叔父に何かを言われて接触してきたのだとしたら、リーテリア家にどんな厄介事を持ち込むかわからない。

「カイル様、エイミア女史って、もしかして私の叔母のことですか？　同じ名前の叔母がいるのですが」

もしかして叔母が姪の今の生活に気づいて、何か余計な要求をしてきたのだろうか。

しかし、カイルはリシェルディの不安を和らげるように、明るい声で否定してくれた。

「いや、違う。俺の仕事関係の知り合いの話だ。待ってくれ、今そちらに行く」

カイルはそう答え、リシェルディのこめかみに口づけをして、部屋から出ていった。

どうやら叔母がお金の無心に押しかけてきたとか、そういう話ではないらしい。

リシェルディは、ほっとして長椅子に歩み寄り、すとんと腰を下ろす。いつの間にか、緊張による震えは止まっていた。自分の身体を抱きしめながら、リシェルディは品のいい花柄の絨毯に視線を落とした。

——私ったら、殿方にあんな風にされて、はねのけもしないなんて……。

カイルの去った部屋で、リシェルディは一人途方に暮れてしまう。

彼を突き放さず、口づけを許してしまった罪悪感はあるのに、心が満たされているように感じるのが不思議だった。

——い、いやなら、いやと言えばいいのに……なのに、どうして……私……。

リシェルディは収まらない胸の鼓動を感じながら、自分の身体を抱きしめ続けた。


夜になっても、気持ちは落ち着かないままだった。

リシェルディはそわそわしながら、カイルと二人きりの初めての夜を迎えた。

何をされるのか不安で、食事もまともに喉を通らなかった。

湯浴《あ》みを終えて、侍女に綺麗に髪を梳いてもらい、リシェルディは寝台の隅にそっと横たわった。

カイルは昼の来客の件で少し仕事があると言い、さっきから席を外している。

――私もこの暇な三ヶ月の間に、貯めたお金で何をするか考えておかなくちゃ。まずはお父様とお母様のお墓に行きたいな。今なら旅費も貯まったし、私はちゃんとがんばってるって報告しに行きたいわ。それから、一人でも自立していけるような仕事を色々考えて……。

綺麗な天井を見上げながら、リシェルディはぼんやりと空想を巡らせる。

そういえば、新規事業に関して、一つ思いついたことがあった。

それほど裕福ではない貴族の家は、正直庭の手入れが行き届いていない場合が多いのだ。専属の庭師は雇えないし、出入りの庭園業者を入れて、庭がお粗末だったという噂もされたくない。

口が硬い庭師を紹介してほしいが、知人に頼むのも、内情を知らせるようで憚《はばか》られる。仕方がないので自分の家の使用人総出でがんばってみたが、見事な虎刈りの庭が完成してしまった。そんな家も、実は結構多いのである。

――私が仲介したらどうかしら。将来もカイル様の妻だったという肩書を使ってよいのであれば、貴族のお宅に、庭師の紹介をするのも楽になるし。

貴族に何かを紹介する場合、新規のものは敬遠される。同じ貴族からの紹介や、昔からの馴染み、実績、といった要素が重要視されるのだ。

そこで思いついたのが、リーテリア家の庭師頭の知己を得ることだった。

下働きだった頃は、働き手の中でも地位の高い庭師頭に話しかけるのは難しかった。しかし今のリシェルディの話ならば、彼も耳を貸してくれるだろう。

庭師頭に、信用できる同業者を紹介してもらえないだろうか。もしくは、庭師頭自身や彼の部下に単発の仕事を請けてもらえないか。自分が庭師を必要としている貴族を探し、庭の手入れの仕事を取ってくる。庭師にもある程度法律的に拘束力のある誓約書を書いてもらい、彼らにとっては大きな収入となる仕事を紹介する。そして仲介料をもらうのだ。

うまくいくかどうかはわからないが、提案だけでも聞いてもらえないだろうか。

――庭師頭さんに、近いうちにこの話をしてみよう。思いついたことにどんどん挑戦しなくては。

これからのことに思いを馳せているうちに、だんだんと眠くなってきてしまった。

温かな毛布のおかげか、一日の緊張も随分とほぐれてきた。

カイルを待っていようかと思ったが、少し忙しいから先に休むように言われたことを思い出し、リシェルディは重くなったまぶたをそっと閉じる。

いつしか夢も見ずにぐっすりと眠っていたリシェルディは、ふと、誰かがそばにいるような気がして目を覚ました。

乳母か、父母のどちらかだろうか。リシェルディは寝ぼけたまま、ぬくもりの方に手を伸ばす。

部屋の中が暗くてよく見えない。柔らかな毛布の中で伸ばした指先が、ふと温かな身体に触れた。

予想以上にたくましい身体だ。知らない人がいる、と思った瞬間、その人が寝返りをうつ気配がした。

「眠れないのか」

低い男の声に、リシェルディははっきりと覚醒し、身をすくめた。

——カイル様がどうして隣にいるの？

驚きのあまり闇の中で動けなくなったリシェルディに、カイルが静かに言った。

「何が怖い？　夫婦はこうやって一緒に休むものだ。そうしないと不審に思われる」

「は、はい、わかりました」

だがやはり、男性が同じベッドにいるなんて怖い。ゆっくりと距離を取り、毛布から半分はみ出すまで離れて、リシェルディは更に様子をうかがった。

「君は、この三ヶ月が済んだらどうやって暮らす？　またうちで働くのか」

急にそんなことを聞かれ、リシェルディは驚きつつ答えた。

「三ヶ月後は……いただいたお金と貯金で自立します。一人で生きていけるようになりたいから」

「大丈夫かな、俺が見る限りは、君は随分と世間知らずそうだが」

世間知らずという言葉がリシェルディの胸に刺さる。まるで一人で生きていくのは無理だろうと遠回しに言われているようだ。

でも、一人で生きていけなかったら、誰かに依存しなければならない。

——自立できなければだめ。そうでなければ、悲しい思いをするのは私……。

そうだ。大事なものを、そして自分自身を守る力が必要なのだ。そのためにも自立した人間にならねばならない。けれど知識も経験も足りないリシェルディは、その先がうまく考えられなくて焦っている最中だ。

「カイル様の仰るとおり、私は世間知らずかもしれませんが、なんとかします。今だって、何をしようか色々考えています。亡くなった父が事業を手がけていましたし、楽ではないことはわかっているつもりです」

「お父さんは何をされていたんだ」

突然尋ねられ、リシェルディは言葉に詰まる。

「色々……です」

これ以上聞かれたら困る。両親のことを口にしたら、多分泣いてしまってしゃべれないからだ。身構えるリシェルディの様子に気づいたのか、再びカイルが体勢を変えた。おそらく、仰向けになったのだろう。

「まあ、妙なことに首を突っ込む前には、俺に相談してくれ」

カイルが小さくため息をつく。そんな風に、はじめから失敗するような言い方をしなくてもいいではないか。リシェルディィは思わず声を尖らせた。

「わ、私は大丈夫です、ご心配なく。ちゃんと気をつけて行動します！」

「そうかな。今の君に『世間に出る』と言われても、飢えた狼の群れに香辛料を背負って飛び込む子羊のように見えて仕方ないんだ。危ないことだけはよしてくれ。無理に三ヶ月後に出ていかなくても、俺は全く構わないし」

カイルが闇の向こうで再びリシェルディの方に向き直り、軽い笑い声を立てた。

「そんな怯えた子猫のように逃げなくていい。いやがることは何もしないから」

夜目が利くらしいカイルには、リシェルディが寝台から落ちかけた姿で身体を丸めているのが見えているらしい。

「で、でも、でも……」

「俺と寝るのも怖いようでは、世間の荒波なんて渡っていけないぞ」

不意に腕が伸ばされ、リシェルディの二の腕がぐいと掴まれた。

「いやあっ！」

男性に寝台で抱き寄せられるなんて恥ずかしいし怖すぎる。怯えて身体を丸めたリシェルディの傍らで、カイルが起き上がった。

「夜は冷えるから毛布に入れ」

軽々と引き寄せられた身体に、毛布がばさりとかけられた。

あまりのことに心臓がバクバク言い始める。音が大きくなりすぎて、カイルに聞こえてしまいそうだ。

——カ、カイル様と距離が近い……どうしよう！

「明日は休みだから、俺が何か料理をしてみようかな」

唐突にカイルが言った。ぎゅっと目をつぶっていたリシェルディは、驚いて目を開ける。

「り、料理ですか、カイル様がなさるのですか？」

「ああ」

料理をする貴族の男性なんて聞いたことがない。突然契約結婚を迫ってきたり、挙句に自分で料理をしてみるなんて言い出したり、彼は一体何を考えているのだろう。

「何をお作りになるのですか？」

「焼き菓子にしようか」

「お菓子を……カイル様が……？」

「そうだ。挑戦してみようと思うが、何か変か」

ボソリと尋ねられ、リシェルディは慌てて首を振った。

「いいえ！　がんばりましょう。私もお手伝いします」

「そう、ありがとう。もう寝ようか」

「は、はい」

リシェルディは、慌ててぎゅっと目をつぶる。しばらくあとにそっとカイルの様子をうかがったが、彼はどうやら眠ってしまったようだった。

彼を起こさないように枕の位置を変え、リシェルディもすぐに眠りに落ちた。


翌朝。

目が覚めると、カイルは傍らにいなかった。

——どうしたのかしら。お散歩にでも行かれたのかな……。

リシェルディは寝台から起き直り、薄い寝間着に上着を羽織って、寝室から続く浴室で軽く洗顔を済ませる。

侍女に着替えを手伝ってもらう必要はないので、自分で適当に着て髪をまとめてしまおうと思った時だった。

「おはよう、奥様。焼き菓子作りに失敗した。申し訳ないが、俺と一緒に敗戦処理を頼む」

そう言いながら、カイルがお盆の上に何やら焦げた塊を載せて入ってきた。

リシェルディは内心あら、と思った。おそらくは釜の温度が高すぎたのだろう。昔はよくお茶用のお菓子を作ったけれど、慣れないうちはあんな風に焦がしてしまった。

「だが中身は、多分花の模様になっているはずだ。切ってみる」

「私が切りましょうか」

リシェルディは寝間着姿でいることも忘れ、慌ててカイルに駆け寄った。彼はまるで剣を構えるような手つきでナイフを持っているのだ。どんな悲惨な結果になるか想像がつく。

リシェルディはカイルからナイフを受けとり、まだ熱いケーキにそっと刃を入れ、切り口を確かめた。

たしかに白い渦のような模様がある。生焼けではなく、一応気泡も入っていてケーキの体をなしている。

「ふふっ、お花、咲いていました」

そう言いながら、思わず笑ってしまう。

カイルがこれをどんな顔で作ったのかと思うと、なんだかおかしい。きっと厨房で働いている人たちも、彼がこんなものを作ると言い出して、びっくりしたに違いない。

「見せてくれ」

そう言ってカイルがケーキの断面を覗き込む。真剣そのものの端正な横顔がすぐ隣に近づき、リシェルディの胸がどくんと鳴った。

「いや、俺の予定ではもっとフロリアの花の柄らしくなる予定だった。作り方が書かれた本ではそうなると説明されていたんだ。こんな風に」

生真面目な口調のままカイルは立ち上がり、近くの文机から紙とペンを持ってきて、さらさらと何かを描きつけた。

「それはなんですか？」

「フロリアの花だ……俺は絵の訓練は受けていない」

妙に可愛らしい、丸い形の花の絵を見て、リシェルディは思わず笑い声を立ててしまう。

「なぜ笑う。笑うなら君も描いてみろ」

不満げなカイルからペンを受け取り、リシェルディは紙の隅に同じようにフロリアの花の絵を描いてみた。

「いかがですか」

「……なかなかうまいな」

不満げに答えるカイルがおかしくて、リシェルディは、また笑い声を立ててしまった。

傍らで一口お茶をすすったカイルが、咳き込んで立ち上がる。

「お茶も失敗のようだな。茶葉の量が多すぎた。今、湯を足してくる」

カイルがお盆を手に立ち上がったので、リシェルディは慌てて立ち上がった。

「私が参ります」

「女性がそんな格好で部屋の外に出てはいけない」

そういえば寝間着姿のままだった。身に着けているものが身体の線を拾う薄い布であることに気づき、リシェルディは慌てて上着の前を合わせる。

恥ずかしくて小さくなりながら、リシェルディは焦げたケーキの皿を手に取った。

昔、乳母や友人とこんな風に、花の模様が入るケーキを焼いたことを思い出す。

あのときそばで見ていた友人は誰だっただろう。顔が思い出せない。

高熱で奪われてしまった記憶の中に、友人の顔も含まれているのだろうか。

落ち着かなくて、無意味に指を組み合わせる。

――忘れてしまったこと、少しは思い出せるかしら……。

記憶を辿ると、懐かしい顔が次々に浮かんだ。家族や乳母や友人、両親が雇用していた使用人たちの顔。リシェルディが成人していて、男性で、ちゃんと家を守る力があったならば、失わずに済んだたくさんの関係……。

自分は伯爵家を守れなかったのだなと思うと苦しいし、両親がもういないのだと実感すると悲しい。使用人の皆から馴染んだ職を奪い、散り散りにさせてしまったことは悔しくて自分が情けなくなる。

――私は、なんの役にも立たなかったわ。泣いているだけでシェイファー家を救えなかった。

二度とあんな悲しい思いはしたくない。だから、自分の力だけでがんばれるようにならねば。

——悲しいお別れ……私が弱かったせいで……誰の手も握っていられなかった……。

誰かの面影が心の表面をかすめ、再び記憶の底へと沈んでゆく。一体自分は、どれだけのことを忘れてしまったのだろう。リシェルディは、そっと唇を噛んだ。もう、何も失いたくない。

気づけば、リシェルディは顔を覆って涙をこぼしていた。

かりそめとはいえ人の妻になり、環境が大きく変わったことで疲れているのは自分でもわかる。そのせいで、ひどく心が落ち着かない。どんなに虚勢を張っても不安が拭えない。

必死に涙を止めようとするリシェルディの視界の隅で、カイルが焼いた不格好なケーキが揺れる。

——そう言えば私、誰かと約束した気がする、いつかお花の模様の入ったケーキを焼いてもらうって……。

心の中に、そんな言葉が浮かび上がった。でも、誰と約束したのか思い出せない。約束した時のわくわくした気持ちだけがかすかに思い出せるだけだ。笑いながら『貴方に焼けるのかしら?』とからかいの言葉を口にしたような気がする。

にわかに蘇った記憶に戸惑いながら、リシェルディは嗚咽を噛み殺した。

楽しい約束なんて、もう何年も、誰とも交わしていない。そう思うと、自分の身の上の激変ぶりがなんだか辛くなってしまう。

——でも私、誰とそんな約束をしたのかしら……？

そのときふと、頭にいやな痛みを覚えた。この状態で無理に思い出そうとすると頭痛が悪化して、何日も苦しむ事態になるのはわかっている。

——いけない。無理に思い出そうとしたから……うう、治まって、頭痛……。

唇を強く噛み、長い髪を鷲掴みにした時だった。

いつの間に部屋に戻ってきたのだろうか、カイルが心配そうに、リシェルディの顔を覗き込んでいた。

「どうした」

案じるような声に、頭を動かさないようにリシェルディは答えた。

「ごめんなさい、なんだか頭痛が……」

「何か思い出しそうだったのか？」

ひどく冷静なカイルの問いかけに、リシェルディは小さく首を振る。

同時に、小さな違和感に気づいた。

——あれ？　今、何か思い出しそう……って仰った？　カイル様は、なぜ私が記憶の一部をなくしたことを知っているの？

彼には、この話はしていないはずだ。どういうことか確かめようと思ったが、だめだ。どんどん痛みがひどくなる。こめかみを両手で覆ってうつむいたリシェルディの背中を抱き、カイルが大声で叫んだ。

「誰かいるか、医者を呼んでくれ」

――ああ、待って！　寝ていれば治ります！　お医者様はお金がかかりますから！

そこまで考え、そう言えば今だけはそんな心配はないのだと気づく。

ここはリーテリア侯爵家。この三ヶ月の間だけ、自分は裕福な若奥様なのだ。

「リシェルディ、今からベッドに運ぶ。触るぞ」

「あ、あの、自分で」

歩けます、と言いかけた瞬間、リシェルディの身体がふわりと持ち上がった。

「頭が痛む時は、やたらに動かない方がいい」

「すみません、カイル様。そんなにご心配なさらないでください、慣れておりますから。お医者様も結構です」

痛みに顔をしかめ、こめかみを押さえたままリシェルディは言った。脂汗が滲むくらい頭が痛いが、同時に、こんな風に抱き上げられると落ち着かなくてそわそわしてしまう。

扉が開き、侍女が顔を出す気配がした。

「いかがされましたか」

リシェルディを抱き上げたまま、カイルが短く言った。

「妻が頭が痛むと言っている。すまない、やはり医者は呼ばなくていい。少し様子を見る」

「かしこまりました。冷やすものをお持ちいたしましょうか」

侍女がカイルの指示に心得たように返事をする。リシェルディは、小さな声で『いりません』と答えた。カイルが頷き、侍女に不要だ、と告げて、リシェルディの身体をベッドに横たえてくれた。

「大丈夫か」

「はい、休んでいれば治ります」

リシェルディの寝間着の乱れた裾を直し、丁寧に毛布をかけて、カイルが静かに言った。

「婚儀の疲れが出たのかな。慣れないことを強いて悪かった」

カイルが慎重な手つきで、リシェルディの額の冷汗を拭ってくれた。汗で貼りついた前髪をそっとかき上げ、いたわるように頭を撫でてくれる。

「あの……申し訳ございません。ご迷惑をおかけして」

黒い切れ長の目が、じっとリシェルディを見つめている。静かなその眼差しが逆に落ち着かなくて、リシェルディはか細い声で謝罪した。

「頭痛で休んだ分は、いっぱい働いて補いますので、なんでも仰ってくださいませ」

「そんな気づかいは不要だ。妻が具合が悪いと言っていたら普通は心配するし、体を休めてほしいと思うものだろう？　少なくとも俺はそう思う」

「でも、あの、私たちは三ヶ月だけの、契約の……」

言い募るリシェルディの顔を覗き込み、カイルが口元をかすかに緩めた。

「そうだな、三ヶ月だけの仮の夫婦かもしれないが」

不意に近づいた秀麗な笑顔に、リシェルディの心臓が跳ね上がりそうになった。

「それでも俺は、君のことが心配だ。待っていてくれ、鎮痛剤を持ってくる」

「あ、あ、ありがとうござい……ます……」

頭痛も一瞬吹っ飛び、顔が燃えるように熱くなる。リシェルディは反射的に、目の下ギリギリまで毛布を引き上げて顔を隠した。

——恥ずかしい。そんな優しいこと言われたらびっくりしてしまうわ。

心臓の音が、どくどくと耳の中に響いてくる。

リシェルディは毛布で顔の下半分を隠した状態のまま、カイルを見つめ返した。その様子がおかしかったのか、カイルが笑いながら身体を離す。

——カイル様ってお優しいなぁ。さすが、名門の若様だけあるのね。それに見た目もいいし、親切だし、背が高くて髪が黒くて……だから素敵に見えたんだわ、きっとそう。

リシェルディは、妙に落ち着かない気持ちになった原因を探そうと、カイルが素敵に見えてしまった理由を羅列する。

なんだか、むずむずした気分だ。胸に柔らかい小鳥を抱いているような、不安定なのにくすぐったい気持ちになる。

――きっと、誰にでもお優しいのよ、リーテリア家の若様だもの。そういう教育を受けているんだわ。

リシェルディは頭痛を抱えてベッドに潜り込んだまま、寝室から続きの居間に出てゆくカイルの背中を見送った。彼が先ほど口走った不思議な言葉は、リシェルディの頭から静かに抜け落ちていった。

第三章　焼け落ちた過去

薬をもらってしばらくうとうとしていたリシェルディは、軽やかな気分でベッドの上に起き直った。

——やっぱり、良いお薬はちゃんと効くのね……ちょっと横になったら頭痛が引いたわ。嘘みたい。

叔母が飲むように言ってきた変な薬とは味もまるで違う。昔両親が飲ませてくれたのと同じ、高価な鎮痛剤の味がする。

そのおかげで、いつもは長引く頭痛も、すっきりと消えていた。

カイルの姿は部屋には見えない。多忙らしいので、今も何か仕事があるのだろう。

仕事、といえば、自分も早く新しい仕事を作り出さねばならない。

ただ真面目に働いているだけではだめなのだ。昔、父がしていたように、自分で事業を起こさねば。

ゆっくり眠ったら大分元気になった。

メソメソしていても何も変わらない。とにかく、無知ならば無知なりに行動するしかないのだ。

——そうだ、早速庭師頭さんに私の話を聞いてもらおう。

リシェルディはそう決意し、ベッドを下りる。

三ヶ月後に離婚して、ただの平民に戻ったら、リーテリア家の庭師頭に面会し、仕事を持ちかけるなんておそらくできなくなる。

今のうちに、なんとか彼と知り合いになっておきたい。

リシェルディは顔を洗い、衣装室に用意されたドレスの中で一番地味なものに着替えた。

それから、長い髪を三つ編みにして後頭部に巻きつけてまとめ、屋敷を抜け出した。

使用人たちも、散歩に行くと言ったリシェルディを引き止める様子はなかった。貴族の屋敷が多いこのあたりは、警備の兵も多く治安が良いせいだろう。

——お父様とお母様の別荘には何回も来たけれど、このあたりのことは覚えていないわ。

春の光が差し込む美しい並木道を歩きながら、リシェルディは深呼吸する。

本邸まではそんなに遠くない。風光明媚なあたりの自然を楽しんでいるうちに、リーテリア侯爵家の門が見えてくる。

リシェルディと顔見知りの門番が、驚いたように声を上げた。

「えっ……君は……リシェルディか？　カイル様に嫁いだと聞いて驚いていたが、納得だ。君はそんなにヴィオレお嬢様に似ていたんだな」

ヴィオレお嬢様に似ている。

その言葉に、リシェルディの軽やかだった歩みが止まる。

ヴィオレという名前を聞いた瞬間、きぃん、と耳鳴りがした。不思議なことに、その名前を耳にした時に抱いたのは『怖い』という感情だった。

不意にずきん、と頭が痛む。

「あの、どなたですか、それは」

乾いた唇を開き、リシェルディは門番に尋ねた。

「カイル様の婚約者だった方だよ。リシェルディ、君はもしかして彼女の親戚なのかい」

その答えに、リシェルディは何も言えずに立ち尽くす。

カイルの愛した婚約者は、ヴィオレという名前なのか。門番までが顔見知りということは、彼女はかつて、頻繁にリーテリア家を訪れていたのだろう。きっと二人は相思相愛だったに違いない。

カイルの、本物の花嫁になるはずだった人。彼が、彼女以外は妻にしたくないとまで言い切った、誰よりも愛されていた婚約者。

——ヴィオレ様というお名前だったのね。不思議、どこかで聞いたような……いえ、知っているはずがないわね。

不意に湧き起こる不安を、リシェルディは必死に鎮めた。なぜ、こんなに落ち着かない気持ちになるのだろう。

門番が、我に返ったように頭を下げた。

「失礼いたしました、若奥様。おかえりなさいませ」

突然態度を変えた門番にぎこちなく一礼し、リシェルディは落ち着かない気持ちで壮麗な門を通り過ぎる。

――ううん、ヴィオレ様のことは私には関係のないことよ。庭師頭さんはどこにいるのかしら。捜さなくては。

リシェルディはできるだけ優雅な足取りを心がけながら、庭を横切り、仕事の道具の置かれた小屋に近寄った。

中にいたのは、顔見知りの庭師、ケインだった。

屋敷の女性陣から『俳優になればいいのに』と囁かれるくらいの美男子だが、愛想がない。年齢は三十を少し過ぎたくらいで、十代の前半からこの家の庭師頭について修業を重ねたというなかなかの腕利きである。

話を聞く相手は彼でもいいかもしれない。

胸に手を当てて礼をしたリシェルディの姿に、片付けをしていたケインが手を止めた。

「あれ、あんたは……失礼。今は若奥様か。随分様子が変わった」

口の重いケインが、ボソボソとつぶやく。

「なんの用だ。ドレスが汚れるから入ってこない方がいい」

「突然ごめんなさい。私、庭師さんのお仕事について詳しく聞きたくて」

訝しげな表情になったケインに、リシェルディは精一杯愛想良く微笑みかけた。

「なぜ？」

ますます不審そうな表情になるケインの前で、リシェルディは腹をくくり、正直に理由を話すことにした。

「私、もうしばらくしたら、庭師の紹介業を始めたいのです。ですからケインさんにお話を伺いたくて。ほんの少しでいいわ。邪魔はしません」

「紹介って言われてもなあ。まあ、こんな小屋ではなんだから、外の長椅子で話そう。ところで、あんたには敬語を使った方がいいんだよな。若様の嫁さんになったなんて、なんだか妙な気分で」

「いいえ。気にしないで」

ケインに勧められるままに庭の長椅子に腰を下ろし、リシェルディは彼の整った顔を見上げた。

「あのね、私が考えているのはこういう計画なのです」

リシェルディは、自分が昨夜頭に思い描いた計画をケインに話してみた。しかし、彼の表情は芳しくない。

「うーん、ふわふわしすぎて、どういうことかよくわからない。仲介業者と言われてもピンとこないし。それに、そんな計画を立てているなら、まずあんたが庭師と貴族の知り合いを百人くらい作らなきゃだめなんじゃないか？　不払いの回収だってあんたみたいな細いチビにできると思えないし」

「不払いの回収って何かしら？」

聞いたことのない単語だった。首を傾げたリシェルディに、ケインが呆れたようにかぶりを振った。

「話にならない。あんたみたいな子供じゃ、庭師からも貴族からも舐められて痛い目に遭わされそうだ。金を稼ぎたいなら、人が絡む話は当面諦めて、別のことを考えたらどうだ」

何も言い返せず、リシェルディは唇を噛む。

「というか、あんたはもう、カイル様の奥方なんだろう。どうして金がいるんだよ」

「そ、それは」

言いよどんだリシェルディの様子にため息をつき、ケインがやれやれという口調になる。

「カイル様に内緒の借金があるなら、早く謝っちまえ。多分、なんとかしてくれるよ。あの方は大金持ちだ」

ケインが立ち上がり、手に握っていた帽子をかぶり直す。

そのとき、彼がズボンのポケットに突っ込んでいた樹脂の防水手袋が目に入った。

水を防いでくれる手袋で、リシェルディも冬の厨房仕事の時に一組支給されたものだ。

その分厚くて黒い手袋を目にしていたら、ふとひらめくものがあった。

――私、また新しいことを考えついたわ！

新たな着想を得たリシェルディは、うきうきした声でケインに尋ねた。

「ねえ、ケインさん、この手袋はどこで買っているの？」

「は？　これか？　たしか下町の樹脂加工屋に発注してるんじゃなかったか」

「ありがとうございます！　お仕事の邪魔をしてごめんあそばせ」

リシェルディは昔のように、ドレスを摘んで軽やかに一礼した。

「すっかり奥様が板についたな」

呆れたようなケインの言葉に微笑み返し、リシェルディは弾む足取りで庭を横切り、門へと向かった。

――そうよ、いい考えだわ、あの樹脂の手袋と手入れ用の軟膏！　軟膏を塗ったあと、樹脂の手袋をはめたままにしておくと、手荒れなんてすぐ綺麗になるのよね。お手入れ道具として、あの二つを組み合わせて売れないかしら？

そのことには、冬のある日に偶然気づいた。樹脂の手袋のおかげで、塗った軟膏が肌に吸収されやすくなるらしく、翌朝には手がすべすべに戻っているのだ。

だが、貴族の女性はあの手袋の存在すら知らないだろう。軟膏と手袋を組み合わせた品を、手荒れの深刻な人や、指の美しさにこだわる貴婦人などに売り込めないだろうか。

――早速手袋を作っている人を探しましょう。ケインさんの言っていた樹脂の加工屋さんって、どこにあるのかしら？

リシェルディは、カイルと暮らす別邸とは逆の、街の方へ向かう坂道を下り始めた。

気ばかり焦ってしまうが、カイルの奥様として色々な人に話を聞いてもらえる今こそが、何か新しい仕事を始める絶好の機会なのだ。早く何かしら仕事を計画して、独り立ちできるようにがんばらなくては。

「屋根付きの場所に暮らせているうちが華よ」

リシェルディは、己を鼓舞するようにつぶやいた。


しかし、世の中はそう甘くはなかった。

――街が広すぎて、樹脂の加工屋さんがどこにあるのかもわからなかったわ……。

どっぷり落ち込んで、リシェルディは顔を覆った。どうやら、様々な加工を担う業者は、看板など出さず、受注だけで仕事をしているようだ。

――あと三ヶ月しかないのに、私はお父様のように事業を起こせるのかしら？

久々に履いた華奢な靴のおかげで足が痛いし、さっきから頭も痛い。しかも、帰り道もよくわからない。

泣きそうな気分で、リシェルディは街の中をさまよい歩いた。そのときふと、なんの飾りもない店に、濃い茶色の大きな瓶を並べただけの店先に気がついた。

紙に手書きの大きな字で『香水』と書いてあるが、こんな面白みのない大きな瓶に入れられた香水など見たことがない。見た目はお酒のようだ。リシェルディは、好奇心につられて思わず店を覗き込む。

――一般階級の方々って、こんな瓶に入れた香水を使うのかしら？　でも量が多すぎるような。

店頭に近づいたリシェルディに、ボサボサの頭の白衣を着た男性が近づいてきた。

「いらっしゃいませ！　香水にご興味がおありですか？　あのですね、私、大学で製薬研究の傍ら新しい蒸留器を開発しまして、ニオイスミレ群のとある植物からの薬効成分の抽出時に余った精油を加工したんですね！　それがこのように香水になりまして！　でも売れないんですよね、なんでだろう？」

思い切りまくし立てられ、リシェルディは目を丸くする。

「あ、あの、何かしら」

「貴方、貴族のお嬢様でしょう？　いかがですか香水。質は良いです！　何しろ特許を取った最新の蒸留器で作った精油ですから」

話の勢いがすごすぎて怖い。リシェルディはゆっくりとあとずさって、彼と距離を取ろうとしたが、ガシッと腕を掴まれてしまった。

「お金ありますよね！　買ってください！　本来ならばひと瓶三千クランのところを、五瓶で四千クランに値引きします」

「た、高いわ……しかも多すぎるわ」

リシェルディの下働きの給与の半月分の値段だ。正直にそう答えると、白衣の青年がブンブンと首を振る。

「高くありません、この量ですよ、この量の香水が四千クランで買えるんですよ？　お得すぎますよね？　買ってください、お願いします、美人で可愛い貴族のお嬢様！　もう来月の家賃が払えないんです！　匂いだけでも嗅いでみてくださいっ、ホラっ！」

「えぇ……？」

困り果て、リシェルディはあたりを見回す。だが、もちろん助っ人など現れるはずもない。

「じ、じゃあ、ちょっと匂いを確かめてみようかな……」

自分の流されやすさに泣きそうになりつつ、リシェルディは少しだけ彼に近づいた。

「どうぞどうぞどうぞ！」

見本らしき瓶の蓋を開け、男がリシェルディの顔になんの遠慮もなく瓶を近づける。思わず顔を背けかけたリシェルディは、驚いて動きを止めた。

「あ……いい匂い」

匂いをそのまま吸い込まないようハンカチで顔を押さえ、リシェルディはつぶやいた。

意外にも、漂ってきたのは、胸に染み入るような良い香りだった。春の終わりにしか咲かない菫の花を思わせる、気品溢れる甘く爽やかな香り。驚いて、リシェルディはもう一度香りを確かめる。

「いい匂いでしょう？　三千五百クランでいかがですか？　お嬢さん。普通の香水なんて、ほんの一口分でこのくらいの値段しますよね？」

「ひ、一口って、飲み物じゃないのよ？」

「お願いします！　来月の家賃のために！　お願い！」

リシェルディは諦めて、財布を取り出した。これだけ量があるならば、小分けにして侍女の皆に配ったら喜ばれるかもしれないし、保管がうまくいけば一生香水を買わずに済むかもしれない。

「ありがとうございます！　僕の名刺も三十枚くらい入れておきますね！　あ、おまけに二瓶つけちゃいます！」

「そんなにいりません……使いきれませんから……」

「まいど！　またきてください！　今度別の香水っぽいものができたらまた販売しますので！」

リシェルディは、半泣きで店の前を離れた。七本の瓶の重さと頭と足の痛みに早くも心が折れそうだ。

よれよれになりながら、リシェルディはおそらく自宅があるであろう方角を目指して歩き出した。

しかも、こんな時に頭まで痛くなってきた。一度は治まった偏頭痛がまたぶり返し始めたらしい。踏んだり蹴ったりである。

液体の詰まった重たい瓶を七本も抱え、さんざん街で道に迷い、暗くなった頃に戻ったリシェルディを待っていたのは、渋面のカイルだった。

非常な男前であるだけに、怒りを露わにした表情は『怖い』の一言だ。なぜか目の下にクマまでできている。

「どこで何をしていたんだ」

「し、仕事を探しに……行っていました……」

リシェルディは瓶の入った紙袋を抱きしめ、小さな声で言い訳をした。頭が痛くてふらふらする。

抱えている大きな紙袋をカイルがさっと取り上げ、テーブルの上に置いてくれる。親切なのは怒っていても変わらないようだ。

「今日は頭が痛くて休んでいたんじゃないのか。俺は半日ひたすら君を捜し回ったんだが。今の王都は、君が思うより物騒なんだ。勝手に出かけないでもらえないか。心配で頭がどうにかなるかと思った！」

氷のように冷たい声に、リシェルディはビクッと肩をすくめた。

「ごめんなさい」

たしかに、家を出る時は散歩をしてくる、程度の説明しかしなかった。

その後、ケインに教えてもらった樹脂加工の手袋屋を探すうちに遅くなってしまったのだ。帰り道も、大量の荷物を抱えたせいで速く歩けなかった。本当は庭師頭と話をして、すぐに戻ってくるはずだったのに。

「……逢い引きでもしていたのか？」

不意に低くなったカイルの声音に、リシェルディは思わず一歩あとずさった。

「今日、本邸で庭師のケインと話をしていたそうだな。わざわざ注進に上がってくれた人間がいて驚いた。体調が悪いのも構わずに出かけるほど、彼に会いたかったのか」

とんでもない誤解だ。別にケインに会いたかったわけではない。庭師頭に会いに行ったら、たまたま彼がいただけだ。

「違います。ケインさんは、お屋敷に勤めている時から顔見知りなのです」

「さて、どうだかな。男がいたならいたで構わないが、きっちり清算してもらわないと困る。君の夫は、俺だ」

カイルが苛立った声で言い放ち、リシェルディの腕を掴んで引き寄せる。

しかし、投げつけられた言葉の意味がリシェルディにはよくわからなかった。

——今、清算って仰ったけれど……。

硬く広い胸に抱き寄せられたあとも、リシェルディはカイルの言った言葉の意味を考え続けていた。

——どういう意味かしら……？　男がいたら清算……？

リシェルディには意味がわからない。追加の食材を届けてくれた市場の人に『清算』用の領収書をもらえと指示されたことはあるが、それ以外に意味があるのだろうか。ケインに支払わねばならないお金などないのに……。

戸惑うリシェルディの様子に気づいたのか、カイルが不機嫌な表情のまま言った。

「何を考えている。下手な言い訳なら聞かないが」

「違います。清算……は、していません……私、ケインさんから何も買っていません……」

カイルの胸から顔を起こし、リシェルディは恐る恐るそう口にした。

自分が言っていることが、合っているのか間違っているのかわからない。カイルの表情からは不機嫌以外の何も読み取れない。

「君は何を言っているんだ」

カイルが不思議そうに眉を上げた。リシェルディは必死で言葉をつなぐ。

「ケインさんへのお支払いなんてありません。ケインさんには、私が庭師の人を紹介する仕事を始めたら、手伝ってくださるか聞いていただけです」

カイルの端正な顔に、怪訝そうな表情が浮かんだ。

このまま彼に怒られ続けるのは困る。リシェルディは拳を握りしめ、必死に言い募った。

「遅く帰ったことは謝りますが、それは樹脂で作る手袋屋さんを探していたからで……あの……？」

カイルは途中から話を聞いていなかったらしく、荷物の運搬でほつれたリシェルディの髪を指先で摘んでいた。

何かを確認するように、じっと髪の一房を凝視している。

「いつ見ても珍しい色の髪だな。明かりに透かすと月のように光って」

「はい、あの、母は銀色の髪だったのですが、父が淡い金色で……父の髪の色も少し混じっているのです」

「……そうだったな」

先ほどよりずっと静かな声で、カイルがつぶやく。

何かを懐かしむようなその声音が不思議だった。まるで、リシェルディの髪の色の由来を、彼も知っていたかのような……。

リシェルディは怪訝に思って、彼の黒い目をじっと見つめた。

「あの、カイル様は、私の両親をご存知なのですか？　それから、ケインさんに清算しろとはどういう意味ですか？　何を清算するのでしょうか」

大きな手が、矢継ぎ早に質問を繰り出したリシェルディの小さな顔を包み込む。手のひらで頬の感触を確かめるように撫で、カイルはふと目を細めた。

「清算の話は……もういい。俺の誤解だ」

カイルの声は、優しかった。どうして突然機嫌が直ったのかわからないまま、リシェルディは彼の様子をうかがった。

「君のご両親のことは、調べさせたから知っている。色々と身辺調査もしたから……でも俺は今の君に対して、なんと言えばいいのかわからない」

――やっぱり、カイル様は私の過去を知っていらっしゃったんだわ。

きっとカイルは、リシェルディの事情を慮って、なんと言っていいのかわからないと言っているのだ。

シェイファー伯爵家は、エルトール王国でもかなり高名な家柄だった。しかし、叔母曰く、叔父の手続きで家は取りつぶされ、貴族名鑑からは除名されたらしい。

家を取りつぶすということは、領民に対しても雇ってきた人々にも、もう責任は取れませんと宣言するに等しい行為だ。自分には貴族を名乗る資格がなくなったと、認めたということなのだ。

貴族に生まれ、これ以上に恥ずべきことはない。リシェルディが成人した男性だったら、もっと賢く能力があったら、シェイファー家は存続し、領民や使用人たちを守り続けることもできたはず。卑劣な叔父にされるがままに、すべてを奪われたりしなかったはずだ。

何度も味わった悔しさと悲しさがこみ上げてきて、リシェルディは絞り出すように言った。

「は……い……ご存知ならば、それでいいです。今の私は、ただの平民の下働きの娘です」

そう答えた瞬間、リシェルディの身体は再びカイルに抱き寄せられた。

「違うだろう？」

カイルの手が、リシェルディの髪留めを器用に外す。

彼の指は、続けてリシェルディのまとめた髪をゆっくりと解《ほど》き、何度も撫でるように梳いた。

「君は今、俺の妻だ。間違えないように」

――どうしよう……。

カイルの妙な誤解が解けたことはわかったのだが、今度はこうやって抱きしめられ、髪を解かれ、頭を撫でられていることに落ち着かなくなってきた。頭痛が引かない上に、胸の鼓動までもが異様に速くなり、息がうまくできない。

「は、はい、わかりましたから、放してください」

リシェルディを抱く力をかすかに緩め、カイルはつぶやいた。

「なんだか、だめだな……今日からはベッドを別にして休もうか」

「どうしてですか？　一緒でいいですよ？」

突然の言葉に、きょとんとなってリシェルディは答えた。だが、答えたあとではっとする。

――わ、っ、私ったら何を言っているの？

慌てて口を押さえたリシェルディの前で、カイルが口の端を吊り上げた。

「なるほど、夜も仲良しのふりをしてくれるんだな。仕事熱心なことだ」

「え……っ、違いますっ……私は」

「そうだな……よその男に触れられるより、俺のものにする方がずっといい。勝手にふらふら出かけるなら、君をどこかに閉じ込めてしまおうかな……俺はもう、捜し疲れた」

どこか熱に浮かされたような口調でカイルがつぶやく。黒い形のいい目は、見たこともないような異様な熱を帯びていた。彼の目を凝視したまま、リシェルディは思わずあとずさりした。

彼の目を見ていたら、カイルが突然大きな狼になり、噛みついてくるのではないかという気がしたのだ。本能が危険を告げているのに、どうしても彼から視線をそらせない。それに、『捜し疲れた』とは、どういう意味なのだろう。

「あの……カイル様……？」

「君にはなんの話かわからないだろうが、俺は君を独占したい。君が欲しいと思っている。

他人に身分違いだと好奇の目で見られても、下衆な噂を流されても、君を得られたのならば構わないと思う程度には」

予想外のカイルの言葉に、リシェルディは息を呑む。

この結婚は、カイルが婚約者を決めなくて済むようにするための契約結婚のはずだ。なぜ、カイルはこのようなことを言い出したのだろう。

意味がわからず瞬きしたリシェルディの顎が、くいと持ち上げられた。カイルの整いすぎた顔が近づき、唇が唇に重なった。

思わず目を閉じたリシェルディの腰にカイルの手が回る。こんなに密着するなんて、と身体を引こうとしたリシェルディは、口づけしたままカイルの胸に抱き込まれてしまった。リシェルディが懸命にカイルの厚い胸を押し返そうともがくと、彼が唇を離して、耳元で囁いた。

「あまり煽るな。そんな風に抵抗されると余計続きをしたくなる」

「あ、煽って、ない……」

足が震えるのは恐怖からだろうか。いや、そうではない。羞恥のせいだ。こんな風に口づけされ、身体中が密着するくらい抱きしめられて、恥ずかしくて震えが止まらないのだ。カイルに抱きしめられたままの姿勢だと、胸いっぱいに彼の匂いを吸い込んでしまう。その時、リシェルディの頭の中を何かがよぎった。

――だめ、この人は、私のことを……ほら、えっと……あれ……？　思い出せない。私は今何を考えていたの……？

激しい胸の鼓動を抑えながら、リシェルディは必死に、今思い出しかけたことがなんなのかを手繰り寄せようとした。

だがうまく行かない。こんな状況で冷静にものを考えられないせいなのか。それとも今思い出しかけたことが、失われた記憶の一部だったからなのか。

「煽っていない？　あれでか。俺には充分に火がついた」

カイルの両手が、リシェルディの頬を包み込む。何かを確かめるような接吻が、そっと降ってくる。繰り返し唇を奪われても、リシェルディはまるで抗うことができなかった。

リシェルディの反応を確かめるような、優しくて慎重な口づけが、何度も繰り返される。軽い音を立てて繰り返される口づけと、柔らかな唇の感触が不覚にも心地良くて、思考が溶けてしまいそうになる。

――ああ、でも私やっぱり、知っている気がするわ……この温かな腕のことを……。

リシェルディの長い髪を何度も指で梳きながら、少し身体を離したカイルが言った。

「理性を喪失するところだった。これ以上はやめておこう」

リシェルディは、潤んだ目でカイルを見上げた。身体が熱く、息が苦しい。頭が痛くてたまらない。

——えっ？

違和感を覚え、リシェルディは額に手を当てた。身体中に鈍痛が走り、頭が割れるような痛みが走った。

ずくずくと疼く頭の中で、警鐘が鳴り響く。

この人に、触れられては、だめだ……と。なぜだろう。だが、その理由を考えようとすればするほど、息がうまくできなくなる。頭が痛くて、目の前がチカチカする。

「あ、あの……あの、わた……し……」

急に気分が悪くなった、と言いかけた瞬間、がくりと膝から力が抜けた。

「リシェルディ！」

カイルの叫びが聞こえたのと同時に、リシェルディの意識は急激に薄れていった。

鼻先に、カイルの匂いがかすかに漂っている。とても懐かしくていい匂いで……思い出したくない何かを思い出しそうだ。

カイルの必死な声が聞こえる、と思いながら、リシェルディは吸い込まれるように気を失ってしまった。

リシェルディの眠りを、闇が侵食していく。

闇の先には、ほんの少しだけ明るい闇が続いていて、そこに二つの棺が並んでいた。屋敷中にすすり泣きの声が響いている。今日天国に旅立つのは、リシェルディの最愛の両親だ。泣きすぎてふらふらになったリシェルディは、ふと『あの人』がいないことに気づく。

リシェルディはよろけながら部屋を飛び出し、屋敷中を捜し回った。客間にもいない、広間にも……。

まさか、と思いながら、リシェルディは馬小屋に向かった。外は嵐だ。時折ひらめく雷鳴が、ずぶ濡れになったあたりの景色を浮かび上がらせている。

──貴方まで私を置いていかないで……。

泣きすぎてつぶれた声で、リシェルディは求める人の名前を呼んだ。どこにいるの、と何度も繰り返す。

しかしその人の馬は、すでに馬小屋にはつながれていなかった。

──私を一人にしないで……。

腫れ上がった目から再び涙が溢れ出す。リシェルディの泣きじゃくる声が激しい雨音にかき消される。

「彼は、貴方のような足手まといからは逃げたかったのでしょう。馬を駆って飛び出していきました」

リシェルディの背中に悪寒が走った。

背後から聞こえてきたのは、恐ろしい声だった。

人の夢を侵し、最後にはその魂まで腐らせると言われている恐ろしい夢魔の声に違いない。なぜかリシェルディはそう確信する。

風が轟々と唸り、木々を揺らして、リシェルディの長い髪をめちゃくちゃにかき乱す。

「孤児になった貴方の存在は、婚約者殿には重すぎたのです。ですが仕方がない、彼も若いのですから……」

夢魔の声が笑いを含んで歪んだ。リシェルディの怯える様子が楽しくてたまらない、と言わんばかりに、夢魔の哄笑が愉悦を孕んでこだまする。

「いや、やめて」

リシェルディは手を上げて、乱れた長い髪を掴んだ。

——私は、捨てられた……彼の迷惑になるから……捨てられた……。

夢魔の声が、リシェルディの頭に刻み込まれてゆく。

足元の地面が崩れ、世界がぐにゃりと歪む。

——私が、重荷だったから……捨てられた……。

リシェルディの身体はずぶずぶと闇に沈んでいく。夢魔の満足そうなため息が、かすかにリシェルディの耳に届く。

——だめ、もう、動けない……。

熱のこもった闇に呑まれ、リシェルディは力なく首を振った。

もう忘れてしまおう、悲しいことは二度と思い出さないようにしよう。身体がどろどろの真っ黒な世界を落ちていく。どんなにもがいてももう浮かび上がることはできない。なぜなら真実なんてもうどこにもない。焼き尽くされて、跡形もなくなってしまったからだ。

「おい、しっかりしろ、リシェルディ」

名前を呼ばれ、リシェルディは目を開けた。

飛び込んできた光景は、さっきまで落ちていた、熱くて苦しい闇の世界ではなかった。綺麗な天井に、身体にかけられた軽く温かな毛布。首筋や脇には、ひんやりした何かがあてがわれている。

「大丈夫か」

覗き込む黒い目には見覚えがあった。カイル様、と呼びかけようとして、リシェルディは咳き込んでしまう。喉が渇き切っていて声が全く出ない。

カイルの姿が視界から消え、しばらくしてリシェルディの身体が軽々と持ち上げられた。彼の片腕に抱かれたまま、口元に小さな吸い飲みが押し当てられる。

——あっ、お水……嬉しい……。

リシェルディは片方の手をついて姿勢を直し、自分の力で座り直した。

大丈夫なようだ。身体をちゃんと動かせる。

「俺に寄りかかっていい」

案じるように言うカイルに首を振り、リシェルディは震える手で吸い飲みを受け取る。

カイルはリシェルディの肩を支えたままもう片方の手で器を支え、水を飲むのを手伝ってくれた。

冷たい水が、甘く透き通るように身体中に染み込む。

――美味しい……。

リシェルディはほっと息をつき、吸い飲みから手を離した。

カイルが濡れた布で、甲斐甲斐しく顔を拭ってくれる。だが他人を世話することに慣れていないらしく、顔をそうっと撫でてくれるだけで、ひどくくすぐったい。

無言で布を受け取り、リシェルディは自分で顔をゴシゴシと拭いた。大分気分はすっきりしていた。

「もう少し何か飲むか？　何か欲しいものがあったら持ってくる」

カイルが穏やかな声で言う。彼の片腕はリシェルディを守るように肩に回されたままだ。

リシェルディは、ふと甘い果物の果汁が飲みたいな、と思った。熱を出した時はいつも乳母や母が飲ませてくれたことを思い出したからだ。しかし、そんなことをカイルに頼んでいいのかわからない。

「あの……」

言いよどんだリシェルディの髪を、肩を抱いていない方の手で撫でながらカイルが言う。

「君は、丸二日高熱でうなされていたんだ。何か飲めるなら飲んでくれ。用意するから」

広い胸にもたれかかる姿勢になってしまって、リシェルディは赤面した。

――な、なんだか、こうやってくっついているの、恥ずかしい……。

赤く染まった顔を隠そうと、リシェルディはうつむいて小さな声で答えた。

「もしよければ、果物を搾ったものがいただけたら嬉しいです」

「わかった。厨房の人間に聞いて、君に飲ませても大丈夫そうなものを搾ってくる」

カイルがそう言って、立ち上がる。リシェルディの身体を壊れ物のようにベッドに横たえ、丁寧に毛布をかけて、置いてあった氷嚢を手に取った。

「身体、もう少し冷やそうか」

リシェルディは考えて、首を振った。起き上がっている時は寒いくらいだったから、もう熱は下がっているような気がする。

カイルは頷き、氷嚢を手に、部屋を出ていった。

――もしかして、カイル様は私に付き添ってくれたのかな……。

もしそうでなくても、さっきのように気を使ってもらえるだけで嬉しいとリシェルディは思った。叔父の家では、偏頭痛の発作と高熱で死にかけても、おざなりに薬や水を与えられるだけで放っておかれた。こうして案じてもらえるだけで、人間として扱われているのだと実感できる。

——私がうなされていたら、すぐに声をかけてくださったわ。もしかして本当に、ずっとそばについていてくださったのかも。

なんだか、更に頬のあたりが熱くなってきた。

都合のいい想像だとわかっているが、カイルがそばにいてくれたのだとしたら……そのときは、どんな顔をしたらいいのだろう。

顔半分まで毛布に潜ってぼんやりと天井を見上げていると、カイルが再び部屋に戻ってきた。

「起きられるか？」

カイルの問いに頷き、リシェルディはベッドに起き直る。

差し出されたのは、小さな器だった。中の果汁には滓《かす》と種が浮いている。どう見ても林檎を力任せに搾ったものに見える。

「これ、カイル様が搾ってくださったのね」

「なぜ俺が搾ったとわかるんだ」

驚くカイルの様子に、リシェルディは噴き出してしまった。

気まずそうな表情で、カイルが不機嫌に言う。

「厨房に人がいなかったんだ。やり方がよくわからなくて握りつぶした」

握りつぶした、という言葉にますますおかしくなってしまう。とんでもない握力だ。くすくすと笑い続けるリシェルディの傍らで、カイルが腕組みをした。

「これでは失敗なのか？　君が待っていると思って慌ててしまったんだ」

「ありがとうございます」

笑いを納めて、リシェルディは林檎の果汁に口をつける。種も実の滓も口に残るが、甘くて美味しい。

「美味しいです」

その言葉に、カイルが表情を緩める。

冷たく整った顔に浮かぶ優しい表情に、リシェルディの胸がとくんと音を立てた。

「それならよかった。もう一杯飲むか。飲むなら作ってくる」

空いた器を受け取り、カイルがそう聞いてくれた。リシェルディは首を振り、じっとカイルの顔を見上げる。

「ご迷惑をおかけしました」

勇気を奮い起こし、リシェルディは小さな声で尋ねた。

「カ、カイル様は、ずっとついていてくださったのですか、私が寝ている間」

「ああ、うなされていたからな、ずっと」

カイルはそう答え、リシェルディの手に大きなたくましい手を重ねた。望んでいた答えが心に甘く染み渡る。先ほどの果汁よりも甘く優しく、リシェルディの心を満たしてゆく。

「万が一のことがあったら大変だと思ってここに座っていた。君が少し落ち着いている時は、ここで本を読んだり仕事をしたりしていた。だから気にしなくていい」

その答えに、リシェルディの脳裏に、体調を崩した時はいつもついていてくれた乳母や母の姿が浮かんだ。

目を開ければ、心配して覗き込んでくれた優しい顔。リシェルディは、心のどこかで、あんな風に自分を案じてくれる存在をずっと探していた。

数ヶ月で離れねばならない相手だけれど、リシェルディは再びそんな存在を得られたのかもしれない。もしそうであれば、たとえ一時であっても……幸せだ。人間として扱われることを、幸せだと思える。

「……っ」

涙が溢れ、リシェルディは思わず拳で顔を擦った。

「どうした」

カイルが驚いたように、リシェルディの手を顔からどかせる。リシェルディは嗚咽を噛み殺して、首を横に振った。

「ごめん……なさい……誰かに心配してもらうの、久しぶりだから……」

何も言わず、カイルはもう一度リシェルディの身体を抱き寄せた。

温かい身体だった。ぽろぽろと涙を落としながら、リシェルディは、カイルから貰った優しさを噛みしめる。

――カイル様は、雇った奥さんにも、ちゃんと優しくしてくださるんだ……。

リシェルディは思った。カイルは本当に優しい人で、病人の自分を放っておけずに様子を見ていてくれたのだと。

きっと、この人は信用しても大丈夫。何年かぶりに心が安堵で緩んでいくのを感じ、リシェルディは微笑みを浮かべた。

「ありがとうございます」

涙を拭い、リシェルディはカイルの目を見てお礼を言った。

「カイル様がお熱を出されたら、私も枕元でお世話いたしますね」

「多分そんな日は来ないな。俺は丈夫なのが取り柄だから」

冗談めかして言ったカイルが、リシェルディの額に口づけをした。軽い口づけがくすぐったくて、リシェルディは思わず目を細める。

「そうだ、リシェルディ、元気になったら果汁の搾り方を教えてくれ。林檎は握りつぶすには硬すぎる」

「はい……」

「また眠るといい。俺はここで本を読んでいる」

リシェルディの髪を撫でながらカイルが静かに言った。

「いえ、もう少しここに座っています、カイル様……」

羞恥に火照る顔を持て余し、リシェルディは小さな声で答えた。

恥ずかしいけれど、カイルともう少しこうやって、寄り添っていたいと思った。同時に、何度も繰り返し見た悪夢が脳裏をよぎる。絶望の底にいたリシェルディを置いていってしまった誰か。あの人は誰なのだろう。夢の中で泣きじゃくり、一人にしないでと叫んでいた自分の声が生々しく思い出される。

――覚えていないわ。あんなことが、お父様とお母様の葬儀で本当にあったのかしら？

考え込むリシェルディの顔を、カイルが心配そうに覗き込んだ。

「どうした？　まだ気分が悪いのか」

気遣わしげに尋ねられて、リシェルディは慌てて首を振る。

「なんでもないです。そばにいてくださってありがとうございます」

リシェルディの笑顔に、カイルも表情を緩めた。彼が身を屈め、リシェルディの額に再び口づけを落とす。恥ずかしさに思わず目をつぶったリシェルディの身体を抱き寄せて、カイルは言った。

「やっぱり身体が冷えている。ベッドに戻って」

言われるがままに毛布に潜り込み、リシェルディは目だけを毛布の端から出してカイルを見上げた。カイルは毛布を少しだけめくって、今度はリシェルディの唇に口づけをした。彼の舌先が、乾いたリシェルディの唇を軽く舐める。びっくりして身体をこわばらせたリシェルディの耳元で、彼が囁いた。

「甘いな……おやすみ」

その言葉と同時に、リシェルディの全身が熱く火照る。慌てて頭まで毛布に潜り込み直し、リシェルディは小さな声で返事をした。

「お、おやすみなさいませ、カイル様……あ、そうだ、あの、焼いてくださったフロリアのお菓子は？」

そう尋ねると、カイルが小さく笑った。

「あの黒焦げは俺が食べた。次はもう少しましに焼いてみせる」

その答えに、リシェルディも思わず笑ってしまった。暖かな光が、カーテン越しに部屋中に降り注いでいた。


突然熱を出してから数日後。

ようやく体調が戻り、浴室で身体を清めたリシェルディは爽快な気分で伸びをした。

あれから悪夢も見ることなく、身体は順調に回復した。

まだ長い時間動き回ると疲れてしまうが、早速新しい人生に向けて、何か事業計画を練らねばならない。事業計画というのは、父が、所持していた会社の人たちと打ち合わせをする時に使っていた言葉だ。多忙な父はたまに、人を呼んで家の居間で話し合いをしていることがあり、幼いリシェルディは胸をドキドキさせながら、父の姿を覗き見ていた。

――格好良かったのよね、お仕事の話をなさっているお父様……。

リシェルディはため息をつき、露台に出た。久々に身体中に浴びる風は、冷たいけれど心地良い。

「あら、カイル様」

広い庭に、うずくまっているカイルの姿が見える。傍らに置いてあるのは、大量の苗を入れた木箱だ。

――何をなさっているのかしら？

カイルは今新婚休暇中なのだと聞いたが、侯爵家の跡継ぎである彼は庭仕事などしないはずだ。なんだか気になって、リシェルディは髪をおろしたまま庭に出た。

「おはようございます、カイル様！」

「おはよう、リシェルディ」

布の分厚い手袋をしたカイルが、屈み込んだまま振り返る。

リシェルディもドレスが汚れるのも構わず地面に屈み込んだ。

カイルのいるあたりは力任せに掘り返され、土まみれのフロリアの苗が植えられている。穴だらけでガタガタになった地面は、もぐらが工事をした跡のようだ。思わず笑いながらリシェルディは言った。

「どうしてカイル様が苗を植えていらっしゃるの？　お庭仕事をなさる方にお任せしないのですか？」

「願かけを兼ねて自分でやっている。見てのとおりの有様だが」

「え、願かけ……ですか？」

「ああ。詳細は秘密だ」

不思議な言葉に首を傾げつつ、リシェルディも小さなこてを手に取る。

どうやら、カイルには自分で苗を植えたい理由があるようだ。

「じゃあ、私もお手伝いします」

「身体はもう大丈夫なのか」

心配そうに尋ねるカイルに、リシェルディは笑顔で頷いた。

「ふふっ、カイル様が、毎日林檎を搾ってくださったから。あれをいただいて元気になりました」

「……そうか」

そう答えたカイルが、吸い寄せられるようにリシェルディに手を伸ばす。

リシェルディもまた、土だらけのカイルの手袋に顎を摘まれ、されるがままに身を任せた。

小さなため息とともに、カイルの唇がリシェルディのそれに柔らかく重なる。

しばらく陶然と接吻に身を委ねたあと、カイルが我に返ったようにこてと手袋を投げ捨てる。

慎重な手つきでリシェルディの顔についた土を払いながら、カイルがため息をついた。

「すまない、君の顔に土がついた。何をしているんだ、俺は……」

リシェルディは笑って、自分でぱたぱたと顔の汚れを落としてみせた。

「これを着て。少し冷えるから」

羽織っていた上着をリシェルディの肩に着せかけて、カイルは再び手袋をはめ、こてを手にした。

「あ、ありがとう、ございます」

上着に残ったカイルのぬくもりに包まれ、リシェルディは火照った顔でお礼を口にした。

——あったかい……。

カイルは口数が少なく冷淡に見えるが、紳士的で優しく、その優しさをリシェルディにたくさん注いでくれる。

彼がこれほどまでに優しくしてくれる理由はわからない。きっと、根底から誰にでも優しい……そういう人なのだ。

——そんなところは、ちょっと好き……かも……。

リシェルディは心の中でつぶやき、照れ隠しのようにこてを手に取って穴を掘った。

フロリアの花が大好きだった母は、楽しそうに別荘にこの花の苗を植えていた。寒い北の国に生まれ、ほとんど植物を育てる楽しみがなかったという母は、エルトールに嫁いできて園芸に熱中するようになったと聞いている。母が園芸に夢中になっている姿を、父がいつも楽しげに見守っていたことも思い出す。

——お父様とお母様が生きていたら、私も誰かとあんな風に仲の良い夫婦になれたかしら。

カイルに悟られないようにため息をつき、心の中で首を振る。

——いいえ、私は一人で生きるの！　一人で生きられないとだめなのよ。

いつも繰り返す言葉を心の奥底からそっと取り出し、自分に言い聞かせる。

今の幸せに流されず、もっと強くならなければ。自分一人で生きる努力を忘れてはいけない。守ってくれる人はもういない。

「リシェルディ、どうした」

手が止まっているリシェルディの様子を不思議に思ったのか、カイルが声をかけてくる。

我に返ったリシェルディは、慌てて首を振った。

「なんでもありません。ぼんやりしていました」

——自立の方法が思いつかなくて、少し焦りすぎているのね。大丈夫、できることから考えるのよ。これからどうしたらいいのか……。

リシェルディは掘った穴に、そっとフロリアの苗を置いた。

深さはこのくらいで大丈夫だ。母に習ったことは全部頭に入っている。ふと横を見れば、カイルが随分と深い穴にフロリアの苗を埋め込んでいる。加減がよくわからず、抜けないように丁寧に植えているのだろう。

「カイル様、そんなに深く掘らなくて大丈夫です。フロリアはすぐに根を深くまで張ります。植えるのは、浅いくらいでちょうどいいですよ」

「詳しいな」

カイルが素直にフロリアの苗を抜き、穴を慎重に埋め戻す。

「はい、母がお花が大好きで、昔よく一緒に植えたんです」

「懐かしい。シェイファー家の別荘の花園は見事だったからな」

カイルに言われ、リシェルディは驚いて動きを止めた。

「あの、カイル様……うちの別荘を、ご存知なんですか」

「ああ、だって近所だろう？」

あっさりと頷くカイルの横顔を、リシェルディは凝視する。

たしかに、旧シェイファー家の別荘は、リーテリア侯爵邸からほど近い場所にある。だが、カイルが別荘に遊びにきていた記憶など、全くない。

まさか、そんな記憶まで完全に失っているのだろうか。自分はどこまで、何を忘れているのだろう。

「あ、あの、でも、私はカイル様にお会いしたことはありません……よね？」

絞り出した声は、かすかに震えていた。なぜ声が震えるのか。怖いからだ。

理由はわからないが、今、間違いなくリシェルディは恐怖を感じた。固く閉ざしていた扉が開き、閉じ込めていた忌まわしい闇が滲み出てくるような恐ろしさを。どくん、どくん、と、自分の鼓動の音が耳に届く。身体中から血の気が引いていくような気がする。

夢を侵す夢魔の声が聞こえてきそうだ。

震えながら無意識に首を振った瞬間、カイルがあっさりと答えた。

「そうだな、君に会ったことはなかったと思う」

何も隠しごとのなさそうなカイルの表情に、リシェルディはほっと全身の力を抜く。

――もう大丈夫。理由はわからないけれど、大丈夫。私はカイル様に会ったことはない。

リシェルディの中に不意に現れた、闇の滲み出す扉が音もなく閉じる。あとには、いつもどおりの平穏が戻ってきた。

その様子を一瞥したカイルが、手袋を外して立ち上がった。

「あまり顔色が良くないから、部屋で休もうか」

「大丈夫です。フロリアの苗を植えてしまいましょう」

先ほど感じた恐怖は何だったのだろう。内心首を傾げながら、リシェルディはそう提案した。

「いや、部屋に戻ろう。フロリアの苗はしばらくこのままにしていても大丈夫だそうだから」

カイルに肩を抱かれ、リシェルディは彼に従った。

「では、残りの苗は庭師さんに植えていただきましょうか。お上手ですよ？」

だが、リシェルディの提案は、カイルに却下されてしまった。

「いい。俺が植える。願かけの意味がなくなるから」

さっきからカイルが口にしている『願かけ』とは一体なんのことなのだろう。

そう思ったけれど、カイルの硬い表情を見てリシェルディは言葉を呑み込んだ。

踏み込まない方がいい……理由はわからないけれど、そう感じる。

「そういえば、レオノーラ姉上が遊びにこいと言っていた。近いうちに一緒に顔を出そう」

リシェルディを寒さから庇うように抱き寄せ、カイルが言った。

カイルの姉、レオノーラは、この国の第二王子に嫁いでいる。

美しく教養高い彼女は、社交界の華と呼ばれ、貴族の女性たちに対して最も影響力のある人物だと言われている。

レオノーラとは、結婚式の席で挨拶を交わしたことがあるだけだ。カイルによく似たきらめくような美貌を思い出し、リシェルディは緊張しながらカイルに尋ねた。

「わ、私などが、レオノーラ様のところにお伺いしてよろしいのでしょうか」

「緊張しなくていい、内輪の席だ。まあ、つまらないかもしれないが付き合ってくれ。姉上は茶飲み友達を探しておられるのだろう」

カイルがなんでもないことのように言う。

――カ、カイル様にとっては見慣れたお姉様かもしれないけれど、私にとっては雲の上のお方なんですけど？

顔をこわばらせているリシェルディを見つめ、カイルがふわりと微笑んだ。

「なんだ。そんな可愛い顔をしていると、俺が食べてしまうぞ」

カイルが冗談めかした口調で言い、リシェルディの小さな顎を引き寄せて再び唇を奪う。

――あ……。

思わず爪先立ってカイルの口づけを受けとめながら、リシェルディは内心で思った。いやではない。むしろカイルに触れられた瞬間、こうして接吻されることを期待してしまった。

カイルと目が合うたびに、触れられるのを、微笑みかけられるのを待っている自分に気づく。

胸の中に、もぞもぞとうごめく甘ったるい何かがいるようだ。カイルの声を聞くだけで、その何かの存在がくすぐったくてたまらなくなる。

火照る頬を意識しつつ、リシェルディはそっとため息をついた。

——私たち……仮の夫婦なのに仲良くしすぎのような気がする……どうしよう。

第四章　花開く恋

カイルに『仮の奥様』として嫁いできてから、ひと月が経った。

毎日が幸せで楽しくて、なんだか夢を見ているようだ。カイルはどこまでも優しく紳士で、頭痛で体調を崩しがちなリシェルディを労ってくれる。

そのことで甘えてしまっているつもりはないのだけれど、でも、どうしても彼に寄りかかってしまいたくなる。

――カイル様に甘えすぎないようにしなくては！

気合を入れて頬を叩き、リシェルディは慌てて手のひらを確かめた。化粧は崩れずに済んだようだ。今日はレオノーラ妃の元へ顔見せに行く大事な日である。手形の残った顔で出かけるわけにはいかない。

リシェルディは露台に出て、カイルの手でぎこちなく植えられたフロリアの花の苗に目をやった。早く花が咲かないかと、毎日楽しみなのだ。

多忙な中、暇を見つけては一生懸命植えていたカイルの姿を思い出すと、少し不思議な気持ちになる。

なぜ彼は、花の苗を自らの手で植えたかったのだろう。願かけとはなんなのだろう。庭師も『若旦那様がなさらずともようございますのに』と首を傾げていたほどだ。

でも、あのフロリアが咲いたら、きっと心癒される眺めになるに違いない。花の盛りには、リシェルディはこの家を出ていくことになるだろうけれど……。

——私も、花祭りの乙女になりたかったなぁ……本当に皆、可愛くて楽しそうで……。

この国では珍しい紫の瞳の色に似た薄紫色のドレス姿で、リシェルディはため息をつく。

女の子たちが白いエプロンを身に着け、大通りを歩く姿が眼裏に浮かんだ。

将来、幸せなお嫁さんになりたいと無邪気に笑う女の子たちが羨ましい。

大好きな人や婚約者に集まった銅貨を贈り、ささやかな恋心を伝えるという習わしも可愛らしいと思う。

「はぁ……」

自分はそんな風に未来を無邪気に夢見ることなど、もうないのだろうか。女の子らしい恋をして、それが叶う日はこないのだろうか……。

そんなことを考えたら、落ち着かない気分になってきた。なぜか脳裏に浮かぶカイルの顔を何度も打ち消す。露台の手すりに顔を伏せた時、背後から声をかけられた。

「どうした、頭が痛むのか」

振り返ると、超がつくほど過保護な『旦那様』が、眉をひそめてリシェルディを見ている。慌てて笑みを浮かべ、リシェルディはカイルに歩み寄った。

「いいえ、カイル様がお植えになったフロリアの苗を眺めていただけです。早く咲かないかなって」

「あの花、好きか？」

妙に勢い込んでカイルが尋ねてくるので、リシェルディは思わず笑ってしまった。普段は冷静なカイルらしくない。

「ええ、好きです。けれど、カイル様は本当にあのお花にこだわっていらっしゃいますよね」

「……うん、まあ、色々あるんだ」

相変わらず、フロリアの苗を植えた理由を話してくれる気はないようだ。

肩をすくめたリシェルディの姿を眺め、カイルが満足そうな笑みを浮かべる。滅多に沈着な表情を崩さない彼が急に笑うと、かなり破壊力がある。思わず胸が高鳴り、リシェルディは慌てて彼から目をそらした。

「いい色が出ているな」

カイルが、リシェルディのドレスを軽く摘んで、満足そうにつぶやく。

どんなに高価な装飾品を身に着けさせてもらっても、出ていく予定のあるリシェルディにとっては『借り物である』という気持ちが拭えない。しかし、わざわざ用意してくれたのだから感謝しなくては、と思う。

「ありがとうございます。あの、私の目みたいな色ですね、このドレスの生地」

「君の瞳の色に染めさせたんだ」

あっさりと言われ、リシェルディは思わず目を剥く。特注で色を指定して染めさせ、それをドレスに仕立てるなんて……どれだけ途方もない手間がかかっているのだろう。よく見ると、縫い取りも白金の糸が使われていて、リシェルディの髪の色に合わせていることがわかる。

「も、もったいないです……わざわざそんなこと……」

「なぜ？　君の仕事は俺の妻として、華やかに幸せそうに振る舞うことだ。堅物夫の分まで社交界の皆を魅了してくれ」

カイルの言葉にリシェルディは思わず頬を染める。そんなの、荷が重すぎる。

「あの、カイル様が着飾られた方が、皆様注目すると思いますけれど」

――カイル様って、あんまりご自分の顔を鏡でご覧にならないのかしら……素敵な格好をなさったら、絶対に女の子たちが大はしゃぎするに決まっているのに……。

そう思ってカイルの反応をうかがうが、彼は特に嬉しそうな様子もない。

「俺はいい。着飾るのは好きじゃない。目立つのも同様だ」

地味好みのカイルは、普段は大貴族の御曹司とは思えない質素な格好をしている。もちろん身に着けているものは生地も仕立ても良い服ばかりなのだが、飾り気はほぼない。思えば、父君のリーテリア侯もそんな感じだ。この家に生まれた男性は皆、軍人として質実剛健な気質に育てられるからだろう。

カイルはリーテリア家の跡継ぎとして、将来、広大なリーテリア侯爵領が接している国境地帯の守備責任を負うことになる。彼は今も王都の騎士団本部で上級将校としての教育を徹底して受けている。未来のリーテリア侯爵として、エルトール王国の軍務の要となるべく育てられているのだ。

――カイル様は、お勉強も訓練もお忙しそうだし、お洒落には興味が持てないのかもしれないわ。将来は、お父上の跡を継いで南の領地に赴任されるのだもの。私は一緒に行けないけれど……。

カイルは将来、ひとかどの人物になるのだろう。だがその未来に、リシェルディはいない。その事実が、なぜだか胸を抉る。

「どうした？」

「なんでもありません。レオノーラ様にお会いするので緊張していて……」

なんとなく間が持たなくて、リシェルディはドレスの裾を摘んでカイルに背を向け、もう一度庭に目をやった。あのフロリアが散り始める頃、自分はカイルのそばを離れ、新しい世界に旅立っているのだ。なぜそのことが、こんなにもやるせないのだろう……。

「髪に飾ってあるフロリアの花、本物みたいだな」

カイルの声で振り返ると、彼は微笑んで結い上げたリシェルディの髪に触れた。

柔らかな笑みに、リシェルディの胸が騒いでしまう。頬を染め、リシェルディは小さな声で返した。

「は、はい、真っ白な絹を、一部分だけ薄い卵色で染めて、本物の花びらに見えるよう一枚ずつ作ったと聞きました……」

「花の匂いまでしてきそうだ」

カイルが背後からリシェルディの身体に手を回し、綺麗に結い上げた髪に顔を近づける。

「……よく似合う」

リシェルディの身体を反転させ、カイルが顔を寄せる。リシェルディもそのまま身体をひねり、彼の口づけを積極的に受けた。自分の意志で顔を上げ、目を閉じ、唇をかすかに開いて、カイルの抱擁に身を委ねた。

――ああ、何をしているのかしら、私……。

潤んだ目を開けてすぐそばのカイルを見つめると、彼は笑ってもう一度唇を重ねてきた。リシェルディは恐る恐る、彼のなめらかな唇に舌を這わせる。夜眠る前にベッドで口づけする時、カイルにたまにはこうしてみてほしいと言われたからだ。今まで恥ずかしくて勇気が出なかったが、思い切ってしまった。おかしかっただろうか。

「あ、あの……」

恥ずかしくて、鎖骨のあたりまで熱くなってしまう。顔を離すと、カイルがため息をついてさっと身体を離した。

——やっぱり、いくら頼まれたからって、舐めない方がよかったかも……。

内心しゅんとしてしまったリシェルディに、カイルが背中を向けたまま言う。

「せっかくの君の髪を崩してしまいそうだ。俺は……少し頭を冷やしてくる」

「どうなさったのですか」

驚くリシェルディに答えず、カイルはそのまま部屋に戻ってしまった。

——やっぱり私、カイル様のお気持ちがよくわからない。最近、カイル様は仲良くしたあとは、そっけなくすぐどこかに行ってしまわれるし。

なんだか心が苦しくて、リシェルディはカイルが去ったあとの露台に立ち尽くす。

だが考えても仕方がないことだ。新婚当時『周囲から仲の良い夫婦として見られるためには、口づけしたり身を寄せ合ったりする必要がある』とカイルが言っていたことが思い出される。

彼はただ、それを淡々と実践しているだけなのかもしれない。カイルと仲良くしていると思っていたのは、リシェルディだけなのかもしれない。

——私も、それでいいと思っていたはずなのになぁ。最近なんだか気分が晴れないわ……。

リシェルディはもう一度、庭を振り返った。ガタガタに並んで植えられたフロリアの株が目に飛び込んでくる。

カイルの考えていることが、リシェルディにはまるでわからなかった。

部屋に戻り、居間のいつもの長椅子に座ったリシェルディは、傍らに置かれた大きな封筒に目を留めた。

——カイル様のお仕事の書類かしら。

触らないようにしなければ、と思った瞬間、はみ出した書類に書かれた文字に気づく。

『ヴィオレ・シェイファー』と書かれたその文字を見た瞬間、リシェルディは凍りついた。

——えっ、何これ……?

周囲の様子をうかがい、カイルの姿がないことを確かめて、リシェルディはそっとその書類を封筒から取り出した。

現物を見るのは初めてだが、これはどうやら、誰かの戸籍らしい。しかし、気になるのはそのことではない。

シェイファーというのは、リシェルディの実の両親の姓だ。

この国でシェイファーという姓を持つのは、遠縁の親戚くらいしかいないはず。更に言うなら、親戚にはヴィオレという名前の女性などいなかったはずだ。少なくとも今のリシエルディの記憶にはない。しかし……。

——ヴィオレって、カイル様の婚約者だった人と同じ名前だわ。

なぜ、彼女と同じ名前が、この書類に書かれているのだろう。震える指で引っ張り出した紙を、リシェルディは端から端まで眺めた。

書類は、叔父と叔母の戸籍のようだ。

三年前に、叔父と叔母……ノーマン夫妻は、養女を二人引き取っている。

一人はヴィオレ・シェイファー。その名前の人物が引き取られたのは、ちょうどリシェルディの両親が亡くなった頃のことだ。

だが、その戸籍によると、『ヴィオレ』はノーマン夫妻に引き取られて間もなく死亡している。

——どういう……こと?

血の気が引く思いで、リシェルディは書類に目を走らせる。

『ヴィオレ』が亡くなって半月ほどあとに、ノーマン夫妻は、もう一人少女を引き取っている。

『リシェルディ(姓なし)』と書かれたその少女は、生年月日は不詳と記録されていた。備考欄には『孤児のため出生不詳』と追記されている。

まるで、シェイファー家に生まれたリシェルディという少女など、存在しないかのような記述だ。どうして公的な書類が、このような誤った内容になっているのか。

リシェルディは震える手で書類をそっと封筒に戻す。

見なかったことにしなければ。本能的にそう思い、席を立って化粧台の椅子に腰を下ろした。

――私は何も見ていない。カイル様の書類をいじったりしていないわ。

背に汗が滲んでいるのを実感しながら、リシェルディは無意味にきらきらした粉を顔にはたく。

――ヴィオレ・シェイファーって誰？　そんな女の子、親戚にいたかしら。少なくとも私は知らない。それに私の名前が『姓なし』ってどういうことなの？　私はシェイファー家の娘よね。間違いなくそうよね？

でも、本当にそうなのだろうか。高熱を出して記憶に障害が残り、叔父からも叔母からもろくに口を利いてもらえず、失われた記憶の補完もままならないまま家を逃げ出した自分は、本当に『正常』なのだろうか。

鏡の向こうから見つめ返してくるのは自分の顔だ。北方の王国から嫁いできた母によく似ている。

母譲りの銀髪には父からもらった淡い金色も混じっていて、光の加減で月のように輝く。滅多に見かけない髪の色なのだから、間違いない。これは自分の……リシェルディの顔のはず。

――ヴィオレという名前は……珍しいわよね……？

ヴィオレ・シェイファーとは誰なのだろう。叔父が戸籍になんらかの偽りを記入して、それがたまたま同じ名前だったのだろうか。気になって仕方がない。リシェルディはもう一度片付けた封筒の中身を確認しようと思い立つ。カイルが戻ってくる前にこっそり見るくらいなら大丈夫のはずだ。

そのとき、鏡越しにカイルが部屋に入ってくるのが目に飛び込んできた。慌てて笑みを浮かべたリシェルディは、次の瞬間ぎょっとなる。

「カイル様、どうなさったのですか、頭がずぶ濡れです」

「水をかぶった」

おかしな書類のことも一瞬忘れ、リシェルディは化粧台の脇に置かれた布を手に取って、カイルに駆け寄った。

「風邪を引かれます。なんでお水なんかかぶったのです？」

布を差し出すと、カイルが素直に身を屈める。彼の頭を拭きながら、リシェルディはついつい厳しい口調になってしまった。

「もう、聞いていらっしゃいますか？　カイル様ったら……」

「頭を冷やしただけだ。そろそろ出かける支度をしよう」

布を手に怖い顔をするリシェルディの唇に軽く口づけし、カイルがまだ湿っている髪を手でかき上げた。

額を露わにすると、カイルは普段よりもぐっと大人っぽくなる。もう見慣れたはずの彼の姿なのに、リシェルディの胸がどくんと鳴った。

「身支度をしてくる」

そのとき、カイルがはっとしたように長椅子の上に置かれた封筒に目をやった。もちろんリシェルディは、書類がはみ出さないように綺麗に封筒に戻している。彼はそれを手に取り、小脇に挟んで、夫婦の私室を出ていった。

――なんだったんだろう、あれは。本物の戸籍の書類よね……？　あの内容は何なの？叔父様が何か不正な内容の申請をしたのかしら、私の受け継ぐはずだった財産を奪うために。ううん、だとしてもおかしいわ。あの戸籍だと『ヴィオレ・シェイファー』という名前の人物が実在して、亡くなったということになるものね。

考え込みそうになった時、不意に頭がズキリと痛んだ。

まずいと思い、リシェルディは医者にもらった薬を入れている引き出しを開ける。

鎮痛剤を口にし、置いてあった水を飲む。これからレオノーラ妃に会いに行くというのに、体調を崩したら大変なことになる。

頭を動かさないようにじっとして様子をうかがっているうち、脈打つような鋭い痛みは遠ざかっていった。

――大丈夫……みたい……。

やはり高価な薬はとてもよく効く。ほっと胸を撫で下ろし、リシェルディは立ち上がる。もう一度鏡を見て髪のほつれがないか、薄く叩いてもらった頬紅が取れていないかを確認した。

「若奥様、カイル様がお支度を終えられて、一階の応接間でお待ちです。馬車の支度も整いましたので、おいでくださいませ」

侍女の声に、リシェルディは慌てて笑みを浮かべた。戸籍に叔父が何か細工をしたことは間違いないだろう。リシェルディから両親の財産を奪うために。問題は細工の意味がわからないことだが、それは今は保留にしよう。

「はい、すぐ行きます」


エルトール王宮は、北部の山岳地帯から切り出してきた白く輝く石で作られた、壮麗な宮殿である。

観光で訪れる人の数も多く、前庭は一般開放されており、色とりどりの春の花が咲き乱れている。風光明媚で知られる国を象徴するような白亜の威容に、久々に目にしたリシェルディは思わずため息をついた。

しかし、ため息が止まらないのは、王宮が美しいからだけではない。

カイルが、騎士の正装なんてしているからだ。王族に嫁いだ姉君に面会するのだから正装するのは当然なのだが。

リーテリア国王騎士団の将校の制服は濃紺で、ところどころに金の装飾が入った華麗なものである。襟の高い制服を着て前髪を上げたカイルの姿は普段にもまして凛々しく、夫の正装姿を見慣れていなかったリシェルディは動揺して胸が高鳴りっぱなしなのである。

――ちょっと待って……反則よ……。やっぱり、カイル様には、みんな見惚れると思うの……。

本人は淡々と『そんなことはない』と否定するだろうが、そうに決まっている。今だってそうだ。居並ぶ貴婦人方の熱い眼差しに気づかないのだろうか。それから、青年貴族たちの嫉妬で焦げつきそうな眼差しにも。

「カイル、もっと頻繁に遊びにきてちょうだいと言っているのにつれない子ね。寂しかったわ」

淡い黄色のドレスをまとったレオノーラ妃が、金色の刺繍が入った品のいい扇を手にカイルに微笑みかける。そして、リシェルディにもとびきり優しい蕩けるような笑顔を向けてくれた。

「リシェルディ、これからは、私のことも本物の姉だと思って頼ってちょうだいね」

予想外の優しい言葉に驚きつつも、精一杯品のある会釈を返し、感謝の言葉を口にした。

「ありがとうございます、レオノーラ様。色々と不慣れなこともございますが、どうぞご指導くださいませ」

その挨拶に満足したように、レオノーラは笑顔のまま頷き返してくれた。まるで実の姉であるかのような、ぬくもりのある笑顔だった。

――お美しすぎるわ……ドキドキしちゃった……。

リシェルディは、思わずため息をついた。眼の前にいるレオノーラのなんと美しいことか。結い上げた黒髪は黒曜石のように輝き、父君譲りの琥珀色の瞳は思わず見入ってしまうような色合いをしている。同性のリシェルディでも見とれてしまうくらいだ。夫君である第二王子が彼女を片時も離さず溺愛しているという噂も頷ける。

レオノーラより七歳年上の第二王子は、留学から帰国してすぐ、とある舞踏会でダンスを踊っていた彼女に熱烈な一目惚れをしたらしい。

王子はレオノーラとの結婚を熱望し、自分と彼女の婚約者双方に莫大な慰謝料を払って彼女を妃に迎えたと聞いている。リシェルディでも知っているくらいなのだから、相当有名な話だ。リーテリア侯爵家の下働きの女の子たちも『私もお嬢様みたいに、王子様に見初められたい』と頬を染めてこの話に夢中になっていたくらいである。

――はぁ、本当に、美形姉弟としか言えないわ……それに私も悪目立ちしてしまっているみたい。

広間に集められた人々の視線が痛い。

好奇の視線にさらされていることを悟り、リシェルディはそっと唇を噛みしめた。そのとき、ふと違和感を覚えてリシェルディはこっそり周囲に目を走らせる。

——あら？　みんな、似たような扇を持っているのね。

レオノーラが手にしているのは、淡い金色の刺繍が、光の加減できらきらと模様を描き出す美しい扇である。居並ぶ貴婦人たちも形や色は違えど、皆レオノーラの手にしているものと同じような金や銀の刺繍の扇を手にしている。

それに、髪にもリシェルディのような布花をつけている人は少ない。髪の美しさを強調するように大きめに結い上げ、金属と宝石の髪飾りで留めている人が多い。これもまた、レオノーラの髪型によく似ていた。もう少し注意深く確かめてみると、あちらこちらから漂ってくる甘い香りも、レオノーラがまとっている気品ある花の香りそっくりだ。

——なるほど、みんなレオノーラ様の真似をしているのね、わかるわ……だって、本当にお綺麗だもの。それにとても趣味がいいわ。私でも真似したくなってしまうかも……。

どうやら『貴族の女性の流行は、レオノーラ妃から始まる』という噂は誇張でもなんでもないらしい。レオノーラの輝くような存在感には、それだけの説得力があった。

「……隙を見てさっさと帰ろう」

カイルが、リシェルディの耳にそう囁きかけた。レオノーラが弟のそんな様子を見て、冗談ぽく眉を吊り上げる。

「まあ、カイルったらまた逃げる気ね。今日いらした皆様は、貴方の可愛い妖精にひと目会いたくて足を運んでくださったのよ。ちゃんとその大事な奥様を皆様に紹介してちょうだいね」

社交界での華々しい顔見せを経験していないリシェルディにとっては、レオノーラが設けたこの席は絶好の挨拶の機会になる。それにレオノーラは今『皆、リシェルディに会いたくて集まった』と明言した。

今日は、リシェルディが主賓であり、最高位の貴婦人の一人である第二王子妃レオノーラの引き立てを受けている立場なのだ。貴族社会に出るにあたって、これ以上の好待遇はない。

リシェルディは、緊張したままカイルとレオノーラをそっと見比べた。

「そのつもりだったが、見世物にしたくなくなった」

カイルが、リシェルディとレオノーラにしか聞こえないような低い声でつぶやく。レオノーラは仕方がないというように微笑を浮かべ、カイルの腕を引いて少し離れた場所に行って、彼の耳に何かを囁きかけた。リシェルディの位置からは話が聞こえなかったが、カイルは仕方ないというようにかすかに頷いている。

家族思いのレオノーラが、昔から弟をとても可愛がっているのは有名な話らしい。皆微笑ましげな様子で、二人を見守っている。

「行こう。あそこにおいでなのが王弟ご夫妻だ。最初にあのお二方にご挨拶して、それから順に回る」

さっきまで仏頂面だったカイルが、急に機嫌の良い笑顔でリシェルディの肩を抱く。たくさんの人の前で親しげに抱き寄せられ、リシェルディは思わず身体を硬くした。

——だ、だめよ、落ち着いて。カイル様に恥じない幸せそうな奥様のふりをするのよ……それが仕事でしょう？

自分の頬が真っ赤に染まっていることを実感しながら、リシェルディは慌てて笑みを浮かべる。その表情でカイルを見上げると、彼も静かに笑顔を返してくれた。男らしい精悍な顔に浮かぶ優しい表情に、リシェルディの胸が再びドキドキと苦しくなってくる。

——私、最近舞い上がりすぎているみたい。落ち着かなきゃ……昔お父様とお母様に習ったみたいに、ちゃんと背筋を伸ばさなくては。

頬の熱を感じながら、リシェルディはまっすぐに頭をもたげた。

——ここで淑女として振る舞えなければ、天国のお父様たちががっかりなさるわ。たとえ没落したとしても、シェイファー家の女当主としての矜持を忘れてはいけない。

凛と姿勢を正したリシェルディの様子に、カイルがかすかに目を見開く。

今まで臆病な猫のようにビクビクしていたのに、急に態度が変わったので驚いたに違いない。

「緊張して失敗してしまったら援護してくださいませ」

そう囁きかけると、驚きの表情を浮かべていたカイルが晴れやかな笑顔になった。

「ああ、行こう」

カイルのたくましい腕にそっと身体を寄せ、リシェルディは人々の注目の中を歩き出した。

——大丈夫よ、結婚式の時のように堂々と振る舞うの。私は今はカイル様の『奥様』なんだから。

昔教え込まれたように、精一杯優雅なお辞儀をしてみせたリシェルディに、王弟殿下が笑顔で言ってくれた。

「どんなお嬢さんなのかお会いするのが楽しみでしたが、予想以上に可愛らしい方ですね」

亡き父と同じくらいの歳の紳士が、手の甲に優雅な口づけをしてくれる。傍らに立つ上品な王弟妃が、穏やかな声で続けた。

「うちには大きなフロリア園がありますのよ。カイルさんはご存知よね。盛りになったらお二人で遊びにいらして」

予想外に、好意的な言葉だった。リシェルディの振る舞いは一応合格だったようだ。そっと傍らのカイルを見上げると、彼は普段のぶっきらぼうな口調が嘘のように上品な声音で答えた。

「ありがとうございます、殿下、妃殿下。私たちもフロリアの花は大好きなので、楽しみにしています。必ず妻と伺います」

「貴方たちが仲良さそうで安心したわ。これからもずっと仲良くね」

心からほっとしたように、王弟妃が言う。おそらく彼女は、カイルのことを昔から知っているのだろう。

「ありがとうございます。必ず一生、彼女を大切にいたします、王弟殿下を見習わせていただいて」

カイルの言葉に、王弟妃が嬉しそうに微笑む。

「あら、カイルさんはいつの間にそんなお世辞を言うようになったのかしら。ついこの間まで可愛らしい男の子だったのに……」

――カイル様ったら、こんなに愛想良くしゃべれるのね……。

内心おかしく思いつつ、リシェルディはカイルと微笑みを交わし、王弟夫妻にもう一度深々と頭を下げた。

「次は俺の従姉妹《いとこ》夫婦がいるから、彼らのところに行こうか」

別人のように社交的な顔をしたカイルに言われ、リシェルディは頷いた。

「今日はなんだか、物語の貴公子様みたいですね」

囁きかけると、カイルが愛想のいい表情のまま、低い声で言った。

「似合わないだろう。自分でも思う。俺がこんなに愛想がいいなんて気持ちが悪い」

こっそり漏らされた本音に、リシェルディはこらえきれずにちょっと笑ってしまう。その笑顔に釣られるように、カイルも整った顔に微笑みを浮かべた。

——なんだか私、勘違いしそう。私、カイル様と本当に愛し合っている幸せな奥様なんじゃないかって。

笑顔を交わした瞬間に心がちくりと痛み、リシェルディはそっと胸に手を当てた。

——愛されているのが、本当に私だったらいいのに。

不意に湧き上がった気持ちを、リシェルディは慌てて押し殺した。

カイルに惹かれる気持ちを抑えられない。胸のちくちくが消えない。自分が彼に向けて浮かべる笑みも、口づけも、いつの間にか『ふり』ではなく『本物』になっていたことを思い知らされる。

自分だけが、彼に本気になり始めているのだ。

この結婚は仮のもので、リシェルディはいつか一人で生きていかねばならなくなる。カイルに愛されるなんて遠い夢物語なのに。

そっと拳を握りしめた時、ふとリシェルディの耳に声が飛び込んできた。

「……奥方は、本当にヴィオレ嬢に似ているな。ヴィオレ嬢はまだ社交界に出ていない年齢だったけれど、とても美しい少女だったよ。ご両親の休暇のたびに、カイル殿に会いにきていたらしい。　俺も驚いたよ、彼女が生き返って大人になったみたいで。あんな月光みたいな髪の美人が、この世には二人もいるんだなぁ」

早口でまくし立てているのは、貴族の青年だった。リシェルディとカイルに背を向けていて、すぐそばにいることに気づいていないようだ。周囲の人間たちが慌てたように目配せしているが、興奮しているのか気づいた様子がない。

リシェルディは何も言えずに、カイルの腕からそっと手を離そうとした。

被害妄想のようだが、ヴィオレ嬢に似ている、という言葉が『リシェルディはヴィオレ嬢の身代わり』だと言われているように聞こえる。だから、カイルのそばで微笑んでいるのがいたたまれない。

「どうした、疲れたか？」

同じ話を聞いていたはずのカイルが、明るい声でそう尋ねてきた。彼はリシェルディの肩を抱き寄せ、皆の注目を浴びながら、こめかみに口づけを落とす。

若い令嬢の集団が、カイルの大胆な仕草に黄色い声を上げた。

――そ、そうだ、ちゃんと仕事をしなければ。私は幸せなカイル様の奥様なのよ。

リシェルディは我に返って、自分なりのとっておきの笑みを浮かべ直す。

「いいえ、大丈夫ですわ」

ヴィオレ嬢の噂をしていた男性が、気まずそうな表情で振り返る。リシェルディは愛想のいい微笑みを保ったまま、彼に一礼した。

困惑していた人々の表情がほっと緩み、皆が一斉に笑みを浮かべる。

——私はそんなに似ているのね、カイル様の大切な人に。

心にかかる影を振り払い、リシェルディは一人一人に優雅に挨拶をした。カイルに身体を寄せ、夫の愛を一身に受ける幸福な妻の顔で、彼と見つめ合い、笑い合ってみせた。

——あと二ヶ月、フロリアの花祭りの日まで……私はこうやって……カイル様の幸せな奥様のふりをする。

心にしつこく差しかかる影が重さを増す。しかしリシェルディは、その正体を直視するのをやめた。


レオノーラが催してくれた小さな交流会はつつがなく終わった。おそらくはレオノーラが選びぬいた温厚な人々だけを集めた会だったのだろう。

リシェルディは陰口を叩かれることもなく、必要以上に好奇の目で見られることもなく済んだ。

しかしあまり気分が晴れない。結婚式で祝福された時も皆を騙しているようで心苦しかったが、今はそれ以上だ。

『俺も驚いたよ、彼女が生き返って大人になったみたいで』

きっと、あんな話を聞いてしまったせいだ。交流会の会場で囁かれていた噂話が、リシエルディの頭の中をぐるぐる回っている。

——私はヴィオレ様と同じ顔をしている。カイル様はきっと、私の上にヴィオレ様を重ねてご覧になっている……私にくれた優しさも笑顔も口づけも、もしかしたら心にいるヴィオレ様に向けてのものかもしれない。

頭の中がぐるぐるして、胸が苦しくなってきた。リシェルディは、なんとか気を紛らわそうと、本家の家令から渡された分厚い贈答品の目録を無言でめくる。

あの場に招かれたお礼と挨拶を兼ねて、皆に贈答の品を送るよう家令に言われたのだ。今日会ったのは初対面の方々ばかりなので、自己紹介を兼ねた品を選ぶ必要があるらしい。

——今日お会いした皆様に、お礼に何をお贈りしよう。お皿に私たちの名前を書いてもらうの？　うーん、ちょっと格好悪いわね。お菓子に名前を入れていただこうかしら。それも微妙かな。

カイルは、向かいの椅子に座って書類を眺めていた。

——あの封筒……さっき置き忘れていた書類みたい。

リシェルディは、真剣に書類を眺めているカイルに、何気なさを装って話しかける。

「カイル様、何をご覧になっていらっしゃるの？」

「仕事の書類だ。ちょっと調べたいことがあって、もうすぐ終わる」

書類から目を離さず、カイルが言う。彼は何を調べているのだろう。リシェルディの身元のことで、何か気になることがあるのだろうか。

――私、あのおかしな戸籍の書き換えが気になるわ。叔父様は何をしようとしたの？ヴィオレって誰なの。私にそっくりなヴィオレ、カイル様の愛していたヴィオレ……どうして彼女の名前が私にまとわりついてくるの？

指先から静かに血の気が引いていく。

きゅっと手を握りしめると、カイルが書類から顔を上げた。

「どうした、具合が悪いのか」

「あの、カイル様、おかしなことを伺ってすみません……ヴィオレ様はなぜ亡くなられたのでしょうか」

その言葉にカイルが目を丸くした。

「なんだ、急に……病気だと聞いているが……」

この話を早く終わらせたいと言わんばかりの、そっけない返事だった。まるで見知らぬ誰かがどこかで亡くなったらしい、と言わんばかりの口調に、リシェルディは強い違和感を覚えた。

「どうして、そんな伝聞みたいな言い方をなさるの？　他人ごとみたい」

なぜか、カイルを責めるような口調になってしまう。リシェルディは慌てて、口調を和らげた。

「すみません。失礼なことを聞いて。あともう一つ教えてください。ヴィオレ様はなんというお家のご令嬢だったのですか？」

カイルの眉間にかすかに皺が寄る。不機嫌さを感じ取って一瞬怯んだが、リシェルディはあえて彼から目をそらさなかった。

「君は知らなくていいことだと思うが」

「教えてください。色々な人にそっくりだと言われて気になるのです。私の髪の色や目の色は珍しいですし、もしかしたら親戚だったのかなって」

「この話はやめよう。もう休もうか」

カイルが書類を封筒に入れ、それを棚にしまった。

リシェルディは言葉に詰まり、拳を握りしめた。カイルの答えが気になって仕方がない。病死だったらしい、なんて、どうして他人ごとのように口にしたのだろう。しかし、あまり踏み込まないでほしいと言われていることはわかった。

「ごめんなさい、余計なことを聞いて。近々出て行く私には関係ないですよね」

リシェルディィは自分に言い聞かせるように、小さな声でそうつぶやく。口に出してみると、やはり胸が痛む言葉だった。自分が身代わりなのだと改めて気づかされてしまう。

「……申し訳ないが、俺は先に寝る。明日も仕事があるから」

冷たい表情のままカイルが立ち上がり、居間を出て行った。

気まずくなってしまった空気をごまかすように、リシェルディィは彼に背を向けて目録のページをぺらぺらとめくった。内容など頭に入ってこないけれど、もやもやした気分が消えない。心がざわついて仕方がなかった。

――たしかに、ヴィオレ様のことは私が立ち入っていい話ではなかったかもしれないわ。それに戸籍の件はいつかお金を貯めて、専門の人に調べてもらえばいいじゃないの……私がお父様とお母様の娘だってことは絶対に真実なんだから。それより、贈答品を何にするかさっさと決めないと。

どんよりした気持ちで目録をめくっていたリシェルディィは、ふと思いついて手を止めた。

衣装室に置いてある大量の菫の香水のことを思い出したのだ。

売っている人は変わっていたが、香りは最高に素晴らしい。密封した瓶を開けると漂う香りは、母が持っていた高価な香水の香りを知っているリシェルディィにも一廉《ひとかど》の品だと思える。

――そうだ、あの香水を小分けにして可愛い瓶に入れて、お贈りしたらどうかしら。人とかぶらないし、珍しいといえば珍しいものだし……だって誰も買ってなかったもの、店員さんが変すぎて。

我ながらいい考えかもしれない。いつも考えつく『素晴らしい発想だが実現が難しい』ものと違って、今回は実現性が高い気がする。リシェルディは目録をめくって、香水を移し替えるためのガラス細工の瓶をいくつか見繕った。香水を移す道具は本邸の化粧係に頼めば借りられるだろう。

――そうよ。あの香水を贈ればいいんだわ。

リシェルディはペンを取り、形の愛らしいガラス瓶の商品の番号を紙に書き写し、家令に宛てて一言添えた。

『この瓶の首に、銀色と紫のリボンを巻いて、送り先の数だけ届けてください。香水瓶のラベルには菫の絵を描いてくれると嬉しいです』

自分が『菫色の瞳のご令嬢』と大げさに噂されていることは知っている。菫の香水は、自己紹介を兼ねた品としては最高に印象が強いのではないだろうか。

素敵な思いつきに思わず心が弾んでしまい、リシェルディはペンを置いて、寝室に駆け込んだ。

「カイル様、贈答品を決めました！」

リシェルディは、ベッドの隅に横になっているカイルにそう報告した。

「ありがとう」

気のない返事が返ってきたが、自分の思いつきに興奮していたリシェルディは構わずベッドにひょいと乗り、カイルの顔を覗き込んだ。

「香水にしたのです。この前お出かけして叱られた時に山のように買ってきた、菫の花の香りの」

カイルが寝返りをうち、リシェルディに背を向ける。リシェルディは彼の肩に手をかけて揺すり、話を続けた。

「それで、瓶のラベルには菫の絵を描いてもらおうと思います。カイル様と私の名前を入れたらどうでしょうか。きっと素敵な思い出になりますし、私たちの名前も覚えていただけますわ」

しかし、返ってきたのは不機嫌な声だった。

「……楽しそうで結構なことだ。その思い出の素敵な瓶を抱えて、二ヶ月後に一人残された俺は、どんな顔をすればいいんだろうな」

「えっ……？」

カイルが突然起き直り、リシェルディの腕をぐいと引いて、その身体を胸に抱きしめた。彼の身体がひどく熱いことにリシェルディは驚き、思わず力をこめて彼に抗った。しかし彼の力強い腕はリシェルディを捉えて放さない。激しい抱擁に柔らかな胸がつぶされ、リシェルディは苦しくて、涙を滲ませて首を振った。

「カ、カイル様……苦し……」

「君にはわからないと思うけれど、俺は……最近……そんな風に無邪気に触れられるのが辛いんだ」

薄い寝間着越しに触れ合う身体が異様なほどに熱を帯びてきた。まるでカイルの身体の熱が、リシェルディの身体まで灼くかのようだ。

苦しいという言葉に抱きかかえる姿勢をわずかに変えてはくれたものの、彼の腕はリシエルディを拘束して放さない。いつもと違う乱暴な抱擁の感触に、リシェルディの身体が震え始める。

「こんなことを言うのは勝手だとわかっている。でも君は契約どおり俺から離れていくつもりのくせに、そうやって幸せそうに楽しそうに振る舞うから……苦しい」

「カイル……様……？」

リシェルディから身体を離し、カイルが目を覗き込んでくる。切れ長の目尻はかすかに赤く染まり、普段は沈着な彼が激情にかられていることが伝わってくる。だが、なぜ彼はこんなことを言うのだろう。こんな風に言われたら、いくらリシェルディが鈍くたって、愛されていると勘違いしてしまうのに。

「あの、カイル様、私は仮の妻で、二ヶ月後にこの家を」

「わかっている。だが自分の気持ちに嘘はつけない。俺は君が好きなんだ。君がいてくれると楽しくて幸せで、もう苦しかったことは忘れていいんだと思えるから……好きなんだ」

その告白にリシェルディは言葉に詰まりかける。だが、こんな言葉を自分が受け取るのは間違っていると思った。彼の心にいるのは別の女性なのに。

「あ、あの……やめてください。そんな風に私に好きだなんて仰るのは」

声が頼りなく揺れた。もしこの言葉が本当だったら……カイルの過去に、愛した女性が存在しなかったら……もしそうであれば、リシェルディは彼の告白に有頂天になっていたかもしれない。

けれど、現実には無理だ。永遠に愛され続ける存在がカイルの心の中にいるのに、自分が彼の隣に並ぶなんてできない。一生勝ちようのない女性の影に負け続けるなんて苦しすぎる。

「カイル様は今もヴィオレ様を愛してるのでしょう？　なぜ私にそんなことを仰るの？」

自分で言っていて涙が出そうだ。リシェルディは気力を振り絞り、カイルを精一杯睨みつけた。

だがカイルは、リシェルディから目をそらさなかった。形の良い唇を震わせ、低い声で言葉を絞り出した。

「そうだとしても、君を好きになって、何が悪い……？」

「え……？」

戸惑い、瞬きをしたリシェルディを強い眼差しで見つめながら、カイルは続けた。

「俺は何年も絶望の底にいた。希望を見つけて這い上がって、何が悪いんだ」

絶望の底に、という言葉が、リシェルディの心を刺す。両親を失った時の世界を黒一色で塗りつぶされたような悲しみが、リシェルディの心に生々しく蘇る。

あのとき、リシェルディは、この現実から救い出されたいと心から思っていた。

真っ暗な夜の海に放り出されたような途方もない孤独感の中で、もしすがるものを見つけていたら、リシェルディはそれがどんなに小さな木の破片であっても、必死でしがみついただろう。

きっと、ヴィオレを失い苦しみ続けたカイルも同じなのだ。

リシェルディがカイルを受け入れさえすれば、彼は果てのない闇から這い上がれるのかもしれない。

──私みたいな存在でも、カイル様が抱えている悲しみを和らげる役に立てるの……？必要としてもらえるの？

リシェルディの心に、今まで抱いたことのなかった気持ちが浮かび上がる。

カイルの心にあいた穴を自分の存在で少しでも埋めることができるのであれば、それでもいい。カイルに、自分を見てほしい、と。

「あの、私……」

驚くほど頼りない声が出た。

リシェルディは力の入らない手を彼の背中に回し、彼の首筋に自ら顔を埋めた。カイルがはっとしたように力を緩めたが、構わずに腕に力をこめる。

「意地悪なことを言ってごめんなさい。私も……カイル様が好きです。だって、両親が亡くなってから、私にあんなに優しくしてくれたのはカイル様だけだから……」

言いながら目に涙が滲む。

結婚してから一ヶ月、カイルのくれたものはリシェルディの心に空いた穴を塞ぐのにぴったりで、温かくて、本当に心が救われた。自分はまた、誰かに大切にされることができるのだと思えた。だからカイルに何かを返したい。彼がリシェルディに求めているものが愛ではなくひと時の救済であっても、自分を見てほしい。

たとえ身代わりだとしても、ヴィオレはもういない。カイルに求められている人間は、この世で自分だけなのだ。

「本当に……本当に好きです、カイル様のこと」

涙で震える声で告げたとたん、リシェルディの唇が、カイルの唇で塞がれた。

いつもの口づけと違う。戸惑ったリシェルディが顔を背けようとしても、決して離れない。どこまでも絡みついてきてリシェルディを食べ尽くそうとするかのようだ。

「ん……う……」

思わず漏れた声に煽られたかのように、カイルがリシェルディの口腔を軽く舌で舐めた。薄い舌先を舌で突かれ、リシェルディはびくりと肩を波打たせる。

こんな口づけは初めてだ。口の中をゆるゆると責められ、リシェルディの心臓が早鐘を打ち始めた。

息がうまくできない、と思った瞬間、カイルの唇がそっと離れた。

「抱きたい」

直接的な言葉に、リシェルディの全身に甘い戦慄が走る。

もちろんうっすらとだが意味はわかる。貞操を捧げてくれと言われているのだ。

――ど、どうしよう……。

戸惑うリシェルディの顔を両手で包み込み、カイルが囁く。

「いやか」

リシェルディは反射的に首を振った。そして、自分が首を振ったことに動転し、熱く火照った顔で彼を見上げた。

「あ、あの……」

その反応に、カイルが満足そうに目を細める。

「そんな可愛い声を出さないでくれ、どうにかなりそうだ」

たくましい身体に組み敷かれ、何度も喉や頬に口づけをされ、リシェルディは息を呑んだ。

カイルの手が背中に回り、器用に寝間着を脱がせにかかった。

——ちょっと待って……どうしよう……でも逆らえない。どうして。

大変なことになってしまった。怖くて恥ずかしくて、涙が止まらない。

それなのに、心がカイルの方に引き寄せられていくのだ。本当の夫婦ではないから、禁じられた行為のはずなのに。

カイルが手を伸ばし、泣きじゃくるリシェルディの前髪をかき上げて、かすれた声で囁く。

「泣かなくて大丈夫だ。優しくするけど……痛かったら言ってくれ」

ただひたすらに怖くて、リシェルディは目をつぶる。

むき出しの肌に、カイルの肌が触れた。彼の胸板に先端が触れてしまう。

生まれて初めての感触に、リシェルディの羞恥心が燃え上がった。

組み敷かれたまま身をくねらせたリシェルディの首筋に、口づけが降ってくる。ついばむような優しい口づけが、鎖骨に、それからさらけ出された胸の膨らみに落ちる。

「ダメ……ッ」

必死にカイルの頭を押しのけようとするが、彼の髪を撫でるくらいの力しか入らない。

そのときだった。不意に胸の膨らみの頂点を軽く吸われ、リシェルディの喉から甘ったるい声が漏れてしまった。

「っ……や……」

「なんだか君の肌は甘く感じる」

カイルの声が、得体の知れない熱に上ずっている。何も言えないまま、リシェルディは身体をこわばらせた。

ぴちゃ、という軽い音に、リシェルディの身体が反応して跳ねる。割り込まれ、無理やり開かされている脚の間に、ずくりという疼きが走った。

――あ、っ、いや……何……？

カイルの舌の先が、焦らすように硬くなった乳嘴《にゅうし》を転がす。そのたびに下腹部に、これまでに味わったことのないような熱が生じた。

「あ、っ、あ……」

背を反らして、リシェルディは焼けつくような掻痒《そうよう》感から逃れようとした。

しかし、カイルに押さえつけられた身体はびくともしない。彼の舌先は執拗に敏感な部分を弄び続けている。

「だ……め……」

ようやくそれだけ言葉が出せた。

脚の間にわだかまる、じんじんと痺れるような、異様な感覚が消えない。

せめて脚を閉じたいのに、カイルにのしかかられているせいでそれもできない。

恥ずかしくて、リシェルディの目尻に涙が滲んだ。

「や、ぁあ……」

身体を捩った瞬間、カイルの唇が離れた。

半身を起こしたカイルが、無造作にリシェルディの脚に手をかけて更に開く。

リシェルディは慌てて膝を閉じようとした。

「……綺麗だな」

「え……」

人にさらしたことのない場所に、カイルの視線が注がれている。あまりのことに、全身の血が逆流しそうになった。

「可愛い……ここも月の光みたいな色をしているんだな」

「やめ……っ……」

制止する間もなかった。カイルの顔が、大きく開かせた脚の間に吸い寄せられるように近づく。

両脚を掴んだまま、震える秘所にカイルが顔を埋めた。

――だめ、いや、何なさっているの、そんなところ……！

「あ、ああっ……だ、め……」

カイルの舌が、リシェルディの誰にも触れさせたことのない部分を、軽く舐めた。

固く閉じ合わされた蕾が、ひくりと震える。

「だ……め……ぇ……」

肘をついて重い身体を起こし、リシェルディはカイルの恐ろしい行為から逃れようともがいた。

しかし、脚を押さえる力にまるで抗えない。暴れたらカイルを蹴ってしまうかもしれない……恐怖と絶え間ない疼きのせいで、リシェルディの目からぼろぼろと涙が落ちた。

「そんな、ところ、だめ……っ、あ……ッ」

舌が、リシェルディ自身も触れたことのない部分に、ぐっと押し込まれた。

「ひぃ……っ」

生き物のように蠢きリシェルディの中を『味わって』いた舌が、不意にぽってりと膨らみを帯びた花芽を弄んだ。

「っ……ッ……！」

ずくん、という衝撃が走る。リシェルディが今までに味わったことのない感覚だった。

カイルの舌から開放されたい。だが、弱々しく空を蹴るリシェルディの様子などお構いなしで、カイルは軽い音を立てて、鋭敏な花芽を唇でついばむ。くちゅっ、という甘ったるい音が静かな部屋に響いた。

「あ、あ……」

こらえようとしても、小さく声が漏れてしまった。

どろりとした何かが、かすかに口を開けた花唇から流れ落ちたのがわかった。

「ひっ、あ、やぁ………」

お願い、放して、そう口にしたいのに言葉が出てこない。リシェルディの腿を開かせていた片手を離し、カイルが、顔を上げて唇を軽く拭った。

しかし、ようやくやめてくれるのだ、とほっとしかけたリシェルディに、カイルは言った。

「少し身体が開いてきたから、入るかな」

濡れそぼった花芯に、カイルの指が触れる。下生えをゆっくりかき分けられる感触に、びくんと腰が跳ねてしまう。

「指で慣らそう。あまり痛くしたくない」

「い、いや……っ」

気がつけば、身体中緊張で汗だくだった。

カイルの手に逆らい、リシェルディは必死に膝頭を合わせせる。だが、カイルはリシェル

ディを放してくれなかった。

舌で弄ばれ、正体のわからぬ滴りで濡れた秘部に、ゆっくりとカイルの中指が沈んでいく。

「やぁ……それ、だめ……だめぇ……ッ」

蜜襞を滑る指が、未知の快楽を呼び起こす。

「あぁ、っ、カイル、様、や、ぁ……」

指を挿れられまいと力をこめるほどに、刺激が強まった。全身の神経がカイルの指を包み込んでいる濡れた襞に集中したかのようだ。

「中がすごく狭いから、ちょっと苦しいかもしれない」

カイルの声もどこか上ずっていた。

もう充分に怖くて苦しい。それに、身体が熱くて、おかしな声が出てしまって恥ずかしい……。

リシェルディは涙の溜まった目でカイルを見つめ、首を振った。

「もう、いや、怖い」

「泣かないでくれ。本当に痛かったらやめるから……多分……」

カイルがそう答え、ゆっくりと身体を倒してきた。首筋に唇を受け、リシェルディの肌が熱を帯びた。

まだ指は、リシェルディの中に収まったままだ。それが、ゆっくりと中をかき回すように動いた。指はやがて二本に増え、さらなる快感をリシェルディに与えた。

「あん、ん、っ……」

こんな風に脚を開かれて、不浄な部分に触れられて、なのになぜ気持ちがいいのだろう。乳房がカイルの引き締まった胸に当たり、むき出しの乳嘴がつんと尖り始める。肌が触れ合っているだけで、身体中が燃え上がりそうだ。

「でも濡れてきてる、多分大丈夫だ、挿れられる」

——挿れられる……？　なんのこと……？

弾む息の下で、リシェルディはぼんやりと考える。

汗ばんだ肌を撫で、指でゆっくりとリシェルディの蜜壁を押し開きながら、カイルがつぶやいた。

「……抱くからには、全部責任を取る。今の君には俺が何を考えているのかわからないだろうが、信じてくれ」

「え、あっ……何……ですか……？」

されていることで頭が一杯で、何を言われているのかわからない。涙で滲む視界に、カイルの真剣な表情が映った。

するりと、リシェルディを弄ぶ指が抜けた。その手で、カイルがズボンを脱ぎ捨てる。

目に飛び込んできたものに、リシェルディは悲鳴を上げそうになった。赤黒く色づいた身体の一部が、凶器のようにそそり立っていたからだ。

こんなものは初めて見る。見てはいけないと思うのだが、リシェルディは思わずそれを凝視してしまった。

カイルが凍りついたリシェルディの顔に手を伸ばし、頬の感触を確かめるようにゆっくりと撫で上げる。

「あ……あの……」

かたかたと震え出したリシェルディに、カイルが小さな声で言った。

「……俺を受け入れてくれるんだろう？」

カイルの身体が滑るように近づき、リシェルディの頬に口づけを落とした。リシェルディの脚を再び開かせ、昂る切先を濡れた茂みに押しつける。

リシェルディの脚をお腹につきそうなくらいに折り曲げ、カイルがゆっくりと身体を沈めた。大きくなったあの部分を、リシェルディの身体に押し込もうとしているのだ。

「や……っ……！」

リシェルディは、愕然となって腰を引こうとした。けれど、身体が動かない。

あられもない姿態を晒しながら、リシェルディは枕をぎゅっと掴んだ。

婚約者が決まる前に両親を失ったリシェルディは、男女が閨《ねや》ですることをほとんど何も知らない。だがカイルに、リシェルディを傷つけようという意図はないはず。信用するしかない……。

力いっぱい目をつぶったリシェルディの身体が、鉄のように堅い杭で押し開かれる。

身体を裂かれるような痛みと、無理やり異物を呑み込まされる違和感に、リシェルディは歯を食いしばった。

「ん……あぁ、痛い……っ……」

「力を抜いて、俺の肩に掴まっていい」

リシェルディは、反射的にカイルの肩にしがみついた。リシェルディとはまるで違う、たくましくて厚い肩。彼の身体からかすかな汗の匂いが漂ってくる。雄を感じさせる匂いが、リシェルディの身体に得体の知れない火を灯す。抑え切れない声が唇からこぼれ出した。

「つ、あぁ、やだぁ……っ、怖い、こわ、い……っ」

「ごめん、なるべく痛まないようにするけど……俺も、限界で……」

リシェルディのこめかみに唇で触れながら、カイルが言った。

カイルを受け入れている場所も、顔も、濡れてぐずぐずになっている。痛くて、無理やり広げられて苦しいのに、それだけではない不思議な甘さが、その行為にはあった。

「あ……あ……」

ぼろぼろ涙を流しながら、リシェルディは身体を震わせた。

圧倒的な質量を伴った肉杭が、リシェルディの蜜道を満たす。

強い力で身体の一番奥を突き上げられ、リシェルディはうめいた。リシェルディに体重をかけないよう、カイルが腕で身体を支えたまま、大きく息を吐き出す。

「全部入った」

張り裂けそうな痛みをこらえて、リシェルディはそっと目を開けた。引き締まった喉を流れるカイルの汗が、視界に飛び込んでくる。

カイルは薄く笑っていた。今までに見たことのないような笑顔だ。愉悦を含んだ表情に、獣性が滲んでいることをリシェルディは見て取った。

身体を淫らに開かれ、硬くなった彼自身で貫かれながら、リシェルディは痛みも忘れて息を呑む。

——まだ終わらない……んだ……。

「動くから、力を抜いて……」

カイルの指先が、硬く張りつめた乳房の先をきゅっとひねる。

「んんっ……」

予想もしていなかった刺激が、身体の芯を走り抜けた。思わず腰を浮かせたリシェルディは、蜜襞を擦られる感覚にあられもない声を上げた。

「あ、いや、ああっ……」

カイルがゆっくりと、中に収めたものを前後させる。そのたびに、小さな粘り気のある音が聞こえてくる。

「あ……っ」

柔らかな襞が大きな形に慣らされたのか、痛みは少しずつ和らいでいる。

その代わり、水音が大きくなるのとともに、リシェルディの身体に今まで知らなかった感覚が生じ始めた。その感覚は炙られるように熱く、じれったく、それでいて身を捩りたくなるほどの快楽が混じっているものだった。

おそらく、痛みを気遣ってくれているのだろう。カイルの動きはひどくゆっくりだった。カイルを受け止めるリシェルディの襞のあわいがかすかにわななないた。

「絡みついてくるみたいだな」

カイルが、うわ言のようにつぶやく。同時に、彼の動きが速度を増した。

「そんなに締めつけないでくれ、力を抜いて」

カイルにそう言われても、どうやって力を抜けばいいのかわからない。硬く昂るものを身体の奥まで突き立てられ、リシェルディは枕を掴む指に力をこめた。

「あ、あぁ……私、なんだか、変っ……」

突き上げられるごとに、ぬるりと蜜のようなものが溢れ出してくる。それが、カイルの剛直を伝って、お尻の方まで流れていく。擦られるたびに、くちゅくちゅという音を立てて、その蜜がますます滴る。

何も知らなかったはずの身体は、カイルの与えてくる刺激すべてに反応していた。ついさっきまで無垢だった蜜襞が、やんわりとカイルのものにまとわりついて、未知の快感を拾おうと小さく震える。

「ああっ、ふ、あ、っ……ぁ……」

気がつけばリシェルディは、さらなる刺激を求めるようにかすかに腰を揺らしていた。その動きに煽られるように抽送が速まり、カイルの動きが叩きつけるような激しさに変わっていく。

リシェルディは蜜音を立てて隘路を行き来するものを締めつけながら、カイルの首筋にしがみついた。

もう痛みは和らいだ。カイルを感じるたびに湧き出す蜜が、二人がこうして繋がることを助けてくれる。

「痛くないか？」

カイルが厚い胸を波打たせ、荒い息の下でそう尋ねてくる。カイルの汗が、リシェルディの胸に滴り落ちる。

「……は……い……」

そう答えた瞬間、リシェルディの脚が更にぐいと開かれた。

カイルが激しく呼吸を乱し、リシェルディにのしかかって、隘路の一番奥を強く突き上げる。濡れそぼった花唇に、硬い毛に覆われたカイルの身体が力強く押しつけられた。

身体が突き上げられ、彼を受け入れている部分がひくひくと痙攣する。

「ひっ、あ、あぁ……っ」

隘路がひときわ激しく脈打ち、リシェルディの目の前に小さく星が舞った。

溢れ出した甘露は、内腿を濡らすほどの量になり、剛直に擦り上げられるたびにぬるい雫が涙のように滴り落ちる。汗ばんだ背に無意識に爪を立て、リシェルディは彼の腰に脚を絡めた。

何かにつかまっていないと自分が自分でなくなりそうだ。肌をカイルの汗で濡らしながら、リシェルディは意味をなさない小さな悲鳴を上げ続けた。

未熟な身体で受け止めている肉茎が、耐えがたいほどの硬さを帯びる。一番深いところを突き上げられるたびに、リシェルディの下腹部がわななく。目尻から、勝手に溢れ出した涙が幾筋も伝った。

「や、ぁ、カイル様ぁ……」

お腹の奥がひときわぎゅうっと絞り上げられるような感じがして、リシェルディの視界が白く染まる。

「あ、あ……」

身体を震わせながら、リシェルディは今まで感じたことのない悦楽に呑み込まれた。腕から力が抜け、褥《しとね》の上に滑り落ちる。

カイルが大きく身体を震わせ、突き立てた杭の先から、熱の塊をリシェルディの中に放った。リシェルディはじわじわと広がるその熱を、震えの止まらぬ身体で受け止めた。

声もなく覆いかぶさってくるカイルの身体を抱きしめて、リシェルディは目をつぶる。

なぜだろう、ずっとこうやって繋がったまま、彼を抱きしめていたいと思うのは。

カイルが息を乱したまま、汗で顔に貼りついたリシェルディの髪をかき上げながらつぶやいた。

「……大丈夫か？」

大丈夫です、そう答えようと思ったけれど、呼吸が乱れてうまく言葉が出てこない。激しく脈打つカイルの鼓動に身を委ねているうちに、リシェルディの意識は闇に呑み込まれていった。

驚くほどに満ち足りた気分だった。淑女としての嗜みも忘れ、かりそめの夫に身体を許してしまったことになんの後悔も感じなかった。


その夜も、夢を見た。

空っぽの馬小屋の木戸が揺れている夢だ。

捜している人物はもういなくて……うなされて目を開けるたびに、半分眠っているカイルがゆっくりと抱き寄せてくれた。

けれど、もう大丈夫なのだと安心して眠りに落ちるたびに、闇の中で揺れる木戸が夢に出てくる。

――もう、私のそばには誰もいない……。

恋しい相手に抱かれ、肌を寄せ合って眠っているはずなのに、何がこんなに自分を不安にさせるのだろう。

リシェルディは悪夢と安らかな現実を行き来しながら、ようやく朝を迎えた。

鳥のさえずりが聞こえてくる。分厚いカーテンの隙間から覗く光に、リシェルディは目を開けた。

傍らではカイルが小さな寝息を立てている。満ち足りていて無邪気な、少年のような寝顔だった。非の打ちどころなく整ったその横顔に、リシェルディは一瞬見とれてしまった。

――痛……。

身動きした瞬間身体中に痛みが走って、リシェルディは眉根を寄せる。

――ど、どうしよう……。

何も身にまとっていないし、身体も涙と汗と、思い出すのも困惑するような行為の名残でべたべただ。

カイルのそばにいるのがいたたまれなくて、リシェルディはそっとベッドを抜け出そうとした。

だが、昨夜の行為で身体中をこわばらせていたせいか、うまく力が入らずジタバタしていた、そのときだった。

「おはよう」

静かな声がそう言って、毛布を抱いて起き上がったリシェルディの腕を掴んだ。

「うなされていたけど、大丈夫か」

カイルの温かな手が、リシェルディの乱れた長い髪を優しく撫でた。表情も声音も、今までにないくらい穏やかで幸せそうに見える。

顔がかっと熱くなり、毛布を抱く手に力がこもる。カイルが顔を近づけ、リシェルディの額に口づけをした。

「だ、だいじょうぶ……です……」

蚊の鳴くような声に、カイルが笑い声を立てる。

「ならよかった。今日は仕事が終わり次第飛んで帰ってくる」

そう言って弾むような動作でカイルが起き上がる。見事に筋肉の浮き上がった背中が露わになり、リシェルディは恥ずかしくて思わず目をそらした。

「は、はい、わかり……ました……」

むず痒いような気持ちになり、リシェルディは裸身を毛布で隠したままそろそろとカイルから離れようとした。

しかし、明るい笑みを浮かべるカイルに押し倒され、抱きすくめられてしまい、リシェルディは思わず小さな悲鳴を上げた。

「カイル様っ！」

「本当に……どこもかしこも、身体中全部可愛いな、君を置いて仕事に行きたくない」

眩しい朝の光が、カイルの髪を明るく照らし出す。陽の光に透けても漆黒の色を保つ美しい髪だ。

リシェルディは愛しい身体に引き寄せられながら、求められるままに何度も口づけを交わした。なめらかで温かな肌の感触に蕩けそうになりながら、一糸まとわぬ姿でカイルと抱き合った。

「そろそろ抑制が効かなくなるからやめよう。続きは今夜だ」

別れがたい、とばかりにカイルの腕に力がこもる。リシェルディは笑い声を立てて、彼の背にしがみついた。

「……早く帰ってきてくださいね」

宝物のように抱きしめられ、満ち足りた気持ちでリシェルディは『夫』に言った。

幸福を絵に描いたような、完璧な朝だった。

第五章　身代わりの蜜月

契約結婚の期間は、折り返し地点を過ぎた。

リシェルディは夜ごとカイルと快楽を分かち合い、愛を囁かれながら眠りにつく日々を過ごしていた。

指先まで桃色に染まってしまいそうなくらい、幸せだ。この時間の終わりが迫っていることさえ考えなければ。

今夜も、夜遅くにベッドに滑り込んできたカイルに巧みに寝間着を解かれ、寝ぼけて目を開けたところで耳たぶを軽く噛まれて、気づけば彼の腕の中で甘い声を上げさせられていた。

日に日に巧みになる指先でリシェルディの身体を弄んでいたカイルが、不意に身体を離す。

「うつ伏せになってみてくれ」

寝ぼけ眼のまま指と舌の愛撫に蕩かされそうになっていたリシェルディは、突然の言葉に目を大きく開けた。

「カイル様……？」

「こんな風に。俺にこの可愛いところを見せて」

仰向けに横たわっていたリシェルディの身体を軽々と転がし、カイルがその腰をぐいと引き寄せた。

「あん……っ……」

うつ伏せになり、腰を高く上げさせられた姿勢を取りながら、リシェルディは敷布を握りしめる。

「カイル様、こんな格好……っ」

「どうしていやがる？　最高の眺めなのに」

反り返る欲望の先端をかすかに濡らし、カイルが性急な仕草でリシェルディの腰を掴む。優しいけれど強引な触れ方に、思わずリシェルディの呼吸が乱れた。

これからカイルに与えられる快楽を思うだけで、羞恥と期待で身体の芯に疼きが走る。いつの間に、彼の身体にこんなに慣らされてしまったのだろう……そう思いながら、リシェルディはせめてもの抵抗に脚をぎゅっと閉じ合わせる。

「……ここ、ひくひくいっているな……」

色づいて濡れた花びらに指先で触れ、カイルが喉で小さく笑う。

「そ、そんなこと、言わないで……」

「なぜ？　こんなに可愛らしいのに……ほら、こんなに濡れて」

指先でつんと触れられただけで身体が震える。蜜が物欲しげに滲み出すのが、リシェルディ自身にもわかってしまう。

カイルが獣のようにのしかかり、リシェルディの柔らかな尻に引き締まった下腹部を押しつける。

敷布を掴む指先に力がこもる。リシェルディは息を止め、押し入ってくる熱塊の感触を身体中で受け止めた。

——ど、どうしよう……いつもと違う……。

こんな格好で抱かれるのは初めてだ。今まで責められたことのない場所を圧迫され、たちまちいっぱいに広げられた蜜口が蠕動《ぜんどう》を始める。何をされたわけでもないのに、身体が勝手にカイルのものをより深く呑み込もうと蠢いてしまう。

ゆるりと一度抜き差しをされただけで、総毛立つような快感が身体の芯を走り抜けた。

「あ……っ」

ただそれだけの動きだったのに、もっと欲しいとねだるように腰が動いた。

「君はこの姿勢が好きなのかな。俺も、君の中に吸い込まれそうだ」

当然身体の変化はカイルの場所からは丸見えなのだ。羞恥のあまり身体中が火照り、頬に血が集まる。

再びカイルの熱杭が、身体の奥底にゆっくりと沈んだ。くちゅりと音を立てて濡れた襞が広がり、硬くなったカイル自身に絡みついていく。

二度、三度と焦らすように剛直が行き来する。そのたびにリシェルディは切れ切れの声を漏らし、小さく頭を振った。

「あ、あ……カイル様の……なんか、今日、大きい……」

「君が俺をこんなに締めつけているからだ」

ことさらに大きく音を立てるように、カイルがリシェルディの身体を突き上げる。じゅぷじゅぷという音が静かな寝室に響き渡り、羞恥に炙られた身体の疼きがますます激しくなっていく。

内腿をぬるい雫が伝い落ち、大きく開かれた花襞が物欲しげに震えるのがリシェルディにもわかった。

――だめ、気持ち良くて……脚に力が入らない……。

震える身体で敷布の上に崩れ落ちそうになった瞬間、カイルの身体が、リシェルディを抱え込んだまま横倒しになった。

横になった姿勢でも、身体を貫くカイルのものはリシェルディの中に収まったままだ。むしろ脚を閉じているせいで、より強く彼を咥え込む姿勢になってしまう。

「君の中は随分熱いな、こんなにとろとろになって……」

カイルが喉で笑い、リシェルディの耳をそっと唇で食んだ。同時に手が伸び、淡い銀の和毛《にこげ》に隠れた桃色の芽をぐりっと押される。

「ああっ」

「耳も、ここも熱い、全部熱いし、硬くなってる……気持ちいいか？」

色づいて尖った乳嘴にも、カイルの手が伸びてきた。後ろから貫かれ、鋭敏になった部分をそれぞれ責められて、リシェルディは背を反らす。

「ひっ……あ、だめ、だめ、ああ……カイル様ぁ……っ」

どんなにもがいてもカイルの腕は抱き込んだリシェルディの身体を放してくれない。むしろ、動けば動くほど、収まったカイルの肉茎の硬度が増していくような感じがする。

「っ、あ、いや、変になっちゃ……っ、あ、ん……」

リシェルディはカイルの手を引き剥がそうと、必死で彼の手首を掴み、引っ張ってみた。しかし、まるで彼の力には抗えない。ますます強く背中から抱きしめられて動けない。

まるで、快楽の牢にとらわれてしまったかのようだ。

「前にも教えたはずだ。そんな風に可愛らしく抵抗されたら、俺は煽られるって」

カイルがリシェルディの耳に口づけをして、ゆっくりと抽送を再開する。

立て続く愛撫に充血しきった蜜襞を擦り上げられ、身体中の肌が粟立った。リシェルディは思わず、自分の身体を縛めるカイルの腕に爪を立てた。

「……っ、カイル様、カイル……さ……」

ぐちゅぐちゅという濃密な音に、無意識に溢れるリシェルディの啼き声が重なる。

「あ……やぁ……っ……」

リシェルディはより深くカイルを受け入れたい一心で、自ら脚を開き、身体をずらして密着を深めた。

「ん……っ……」

擦りつけられる角度が変わり、新たな刺激がじわじわとリシェルディの花芯を焼く。

「君は俺を煽るのがうますぎる」

耳に触れているカイルの唇が、リシェルディをからかうようにそんな言葉を紡いだ。彼の指が蜜まみれになった秘芽をこね回し、リシェルディの胸の膨らみをぎゅっと掴む。

奥の花園を切先で幾度も散らされ、リシェルディはカイルの腕を握りしめたまま無意識に腰を揺らした。

「やぁ……カイル様の……いじわる……ぅ……っ」

リシェルディは、より熱く、硬くなっていく彼自身を味わい尽くしながら、抑えようのない嬌声を漏らし続けた。

「つ、だめ、突かないで、イッちゃうから、ぁ……っ……」

思わず漏れた哀願に、カイルが息を乱しながら笑った。

「構わない」

カイルの胸や腹に触れている背中が、彼の汗でしっとりと濡れ始めた。熱く昂った熱塊が、更なる力でリシェルディの最奥に突き立てられる。

「あぁ……っ、お腹、あつい……っ」

力強い雄に貫かれ、執拗に花芽を嬲られて、カイルのものを包み込んでいる蜜路がびくびくと痙攣した。

銀の茂みから快楽の露を滴らせ、リシェルディはカイルの腕の中で、無我夢中で全身を弾ませる。

リシェルディの意志とは裏腹に、下腹部が大きく波打った。

抗えない荒波に攫《さら》われるように、すべてが絶頂へと押し上げられてゆく。

「あぁっ、あ、あっ……」

蜜に濡れた腿がわななき、リシェルディの身体がぐったりと弛緩した。

「……俺も……もう限界だ……そんな声出されたら……」

ひときわ強い力でリシェルディの身体を抱きしめ、カイルがかすれた声を絞り出す。同時に、身体の一番深いところに、彼の情欲がほとばしった。

汗と体液で濡れそぼった肌を火照らせたまま、リシェルディは身体の奥深くにじわじわと広がっていくその感触を噛みしめる。

大きなカイルの手の甲に手を重ね、リシェルディはそっと息をついた。目から滲む涙の存在を思い出し、重たくなった腕を上げて拭う。

「ごめん、今夜も寝ているのに起こしてしまって」

ずるり、とカイルが抜け落ちる感覚に、リシェルディの身体はびくりと反応してしまう。彼で満たされていた空洞がかすかに疼いて、もっと咥え込んでいたかったとばかりに切なく震えた。

カイルの腕の力が緩むと同時に、リシェルディはころりと身体を反転させ、彼の汗ばんだ胸に自分の胸を押しつけた。

背中にカイルの腕が回る。優しく抱きしめられ、リシェルディは満ち足りた気持ちで彼の鼓動を確かめながら、小さな声で言った。

「身体を清めるのは、明日の朝にしましょう」

その言葉に、カイルが満足げに笑った。

「ああ、今日はこのまま寝てしまおう」

カイルが絡み合う時に押しやった毛布を引っ張り上げ、そのうちの一枚を丁寧にリシェルディの身体に巻きつけてくれる。

もう一枚を二人の身体にかぶせ、カイルがリシェルディの額に頬ずりしてきた。

「あの……君は今日もすごく可愛かった。なんというか、その……愛してる。おやすみ、奥様」

照れ屋のカイルにしては珍しい言葉だ。薄明かりの中でも彼の耳が真っ赤になっていることが見て取れる。

不器用だが直接的な愛の言葉に、リシェルディは頬を染めた。

この言葉を本来受け取るべきは、亡くなったヴィオレなのかもしれない……そうは思うけれど、彼に惹かれる自分を止められない。カイルの言葉にも、身体にも、もっともっと溺れてしまいたいと思う。

「私も、カイル様が大好きです……。おやすみなさい」

その言葉に、カイルがぱっと表情を輝かせた。最近二人だけの時に彼が見せてくれる少年のような表情が、リシェルディにとっては嬉しい。

「うん……おやすみ」

リシェルディはカイルに笑顔で頷き返し、静かに目を閉じた。

カイルに愛を囁かれるたびに、リシェルディはこれでいいのだと自分に言い聞かせる。

リシェルディがそばにいれば、辛い過去から救われる。そうカイルは言ってくれた。

――私の幸せは、カイル様が幸せになってくださること……ヴィオレ様の身代わりでもいい……。

リシェルディは、胸の痛みを呑み込んだ。

好きな人に必要とされるならそれでいい、これ以上の幸せなど望みようがないはずだ。

それなのに悪夢が去らないのはなぜなのだろう……。

眠りとともに、かすかな頭痛が訪れる。

リシェルディの目の前に、空っぽの馬小屋の扉が揺れる様子が現れる。

両親の棺の前で、声も出せないほどに泣きじゃくるリシェルディの肩を、誰かが抱き寄せた。

涙に歪んだ視界に黒い髪の若者の姿が映る。

ふと疑問に思う。今夜のリシェルディには、これが夢だという自覚があった。

同時に『いつもはこんな夢ではなかったはず』と思う。

いつもの夢であれば、リシェルディはまず、誰かを捜して馬小屋に走っていくのだ。

でも今夜の夢は違う。目の前の光景は、いつも見る夢よりも少し前の時間のもののようだ。雨足は強いものの、外はまだかすかに明るい。

信じられない思いで、リシェルディは自分の肩を抱く若者を見上げた。

年の頃は、十八、九だろうか。取るものもとりあえず駆けつけた……と言わんばかりの旅装束の若者は、間違いなくカイルだった。

彼の引き締まった顔の輪郭は今より少し柔らかく、少年らしさを残している。

なぜカイルが……今よりも若いカイルが夢に出てくるのだろう。

ずきん、とリシェルディの頭に鋭い痛みが走った。

「葬儀が終わったら、一緒に俺の家に行こう。父上と母上も心配している」

目を見開いたまま、リシェルディは思った。

ここにカイルがいるわけがない。これは、都合のいい夢なのだ。過去がそうであってくれたらよかったのに……そんなリシェルディの願望をそのまま形にした夢に違いない。

脈動に合わせ、頭痛がどんどんひどくなっていく。夢の中のはずなのに、頭にひびが入るほどの痛みで、リシェルディは思わず頭を抱えこんだ。

あまりの苦痛にうめいたリシェルディの身体を抱き寄せ、夢の中のカイルが優しく言ってくれた。

「熱がある。少し休んだ方がいい」

「ううん、お父様とお母様のそばにいたいの、いさせて……」

今より少し幼い自分の声に、リシェルディの心臓が凍りつきそうになる。

――待って、私、この言葉を言った覚えがあるわ……。

唇を押さえ、リシェルディは夢と現実のあわいに立ち尽くす。

記憶にないはずの父と母の葬儀の光景。夢に見るだけだったはずの光景が、じわじわとリシェルディの『現実』を侵食していく。

そうだ、これは、現実にあったこと。

思い出した。

あの年は季節外れの大嵐が何度も続いていた。

山沿いの道で地盤が大きく崩れ、土石流に巻き込まれた父と母の遺体は、何日もかけて泥と瓦礫の中から掘り出されたのだ。

せめて事故現場に行きたい、最後に父と母の顔を見たいと願っても、高熱を出して衰弱していたリシェルディが嵐の中屋敷を出ることを、乳母や使用人たちは許してくれなかった。

ぼろぼろになってしまった亡骸《なきがら》は、関係者の確認が済んだあと、すぐにお墓に入れられた。遺品となった父のステッキと母の帽子が棺に入れられて届けられ、こうやって居間の中央に置かれていた。

どんどん、色々なことを思い出してきた。あの葬儀の日、リシェルディは、父と母の身体が収められていない棺を前にして、両親は突然どこへ消えてしまったのかと考え続けていた。亡骸にすら会えなかったという、心をかきむしられるような悲しみ。そして、これからどうやって生きていけばいいのだろうという絶望。すべてが生々しく心に蘇る。

——でも、葬儀の時に駆けつけてくれた人がいたわ。カイル様の顔をしているこの人は、誰？

リシェルディは必死に考えを巡らせた。しかし、何も思い出せない。

「ああ、お二人のそばにいて構わない、でも辛くなったらすぐに俺に言ってくれ」

冷え切ったリシェルディの手を握り、カイルの姿をした青年が、耳元でそう言ってくれた。

――この人は嵐で船が出港できないからと、わざわざ馬を借りて、大雨の中、遠い道のりを駆けつけてきてくれた。普通は一週間かかる道のりを、休まずにたったの四日で……。

リシェルディは顔を上げ、もう一度傍らの若者に目をやった。

カイルの顔はもう見えない。どこからか滲み出す闇で、彼の顔は真っ黒に染まっている。

――あの日、私のために駆けつけてくれたのは本当は誰だったの……？

リシェルディは部屋の中を見回した。棺の前に座って放心しているのは叔母だ。

叔母は涙を流し『兄さんがいなかったら誰が私を助けてくれるの』と、独り言をつぶやき続けている。

弔問客の中に、叔父の姿も交じっていた。誰かと話している。知らない男たちだ。

だが彼らがリシェルディを見つめる目つきは……言葉にできない害意を湛えているように見えた。彼らはただの弔問客なのだろうか。

――あんな人たちも、葬儀にきていたのね。お父様のお知り合いとは思えないわ。

不審に思った瞬間、夢魔の声が聞こえた。

『彼は、貴方のような足手まといからは逃げたかったのでしょう。馬を駆って飛び出していきました。孤児になった貴方の存在は、婚約者殿には重すぎたのです。ですが仕方がない、彼も若いのですから……』

その言葉と同時に、再び鋭い痛みが頭部に走る。

「痛い……ッ……！」

声を漏らした瞬間、身体を揺すられてリシェルディは目を覚ました。

部屋の中はもう明るい。けれど頭の痛みは本物だ。リシェルディは涙の溜まった目で頭を抱え、動かすだけで爆発しそうな痛みに耐える。

「痛い……いや……頭が痛い……っ……」

「しっかりしろ、今、医者を呼んでくるから」

半裸のカイルが、リシェルディを抱え込むようにしてそう言うのが聞こえた。リシェルディは歯を食いしばり、やっとの思いで「ごめんなさい」という言葉を吐き出す。

カイルが寝間着を着せてくれるのがわかったが、身体中が燃えるように熱くて動けない。息が苦しくて、このまま死んでしまうのではないかとさえ思える。

ぐにゃぐにゃに歪んだ視界の中で、リシェルディの脳裏にとある言葉が蘇った。

『お前の名前はリシェルディだ。リシェルディ・ノーマン。覚えるまで薬も水もやらないぞ』

どこかで聞いた覚えがある男の声がそう告げる。

別の男の声が、その男の声に重なった。

『彼は、貴方のような足手まといからは逃げたかったのでしょう。馬を駆って飛び出していきました。孤児になった貴方の存在は、婚約者殿には重すぎたのです。ですが仕方がない、彼も若いのですから……』

リシェルディは耳を塞ぎ、その声から逃れようともがいた。

この声に逆らえば、地獄の苦しみが待っている……頭のどこかでそんな声がする。

――助けて、お父様、お母様……どうしてこんなに頭が痛いの……苦しい、もういや……！

薄れていく意識の中、一つの声がはっきりと脳裏に響いた。

『面倒な人間がいないうちにご令嬢を運び出してしまいましょう。ご病気のようですし、大人しくしてくれるからちょうどいい。……始末するなら別料金でお受けします』

あの葬儀の時、本当は何が起きたのだろう。思い出そうとするとたまらなく苦しい。頭がずきずき痛んで爆発しそうだ。

リシェルディは震えながらうなされ『助けて』と繰り返す。遠のく意識の中、どうして何も思い出せないのだろう、まるで、記憶を無理やり焼かれているかのようだ、と思いながら……。

結局、リシェルディの熱が下がったのは、二日後の朝のことだった。今回はカイルとの結婚生活で栄養と休養をたっぷり取れていたおかげか、結婚した翌日に倒れた時ほどこじらせずには済んだように思う。

しかしここ最近、身体の調子がおかしい。頭痛発作の頻度が上がったのは、記憶が戻り始めているせいなのだろうか。

――叔父様が、私に言ったこと……あれはなんだったんだろう？　夢なのかしら、それとも現実にあったことなのかしら。

粘りつくような低い声を思い出し、リシェルディは自分の身体を無意識に抱きしめた。自分には婚約者がいたのだろうか。両親の死を契機に彼に捨てられ、彼のことを忘れて今まで生きてきたのだろうか。

――思い出せないわ。夢と現実が入り混じっているようで、何が本当なのかわからない。カイル様が、お父様とお母様のお葬式にきてくださったなんて、あるわけがないのに。

リシェルディは寝台の上でため息をつき、ぴょこんと起き上がった。

汗をかいていて汚れた身体なのに、仕事で遅く帰ってきたカイルは同じ寝台で寄り添い、汗を拭ったり水を飲ませたりしてくれた。

自分だって疲れているのに、カイルは優しく弱り切ったリシェルディの面倒を見てくれたのだ。そのことを思い出すと、心がじわじわと温かくなってゆく。

――カイル様……。

最近は、気がつけばカイルのことばかり考えている。彼は仕事場で何をしているのか、ちゃんと食事はとったのか、今日はいつごろ帰ってきてくれるのか……頭の中がカイルのことでいっぱいになって、他のことが考えられなくなってしまいそうだ。

――カイル様に何かお礼をしたいな……何をしたら喜んでくださるかしら。贈り物をするとか？　でも多分、必要なものはなんでも持っていらっしゃるからなぁ……。

リシェルディは浴室で身体を清め、こざっぱりとした服に着替えて露台に出た。早咲きのフロリアの蕾が膨らみ始めているのを目に留め、胸を弾ませて庭に下りる。

ガタガタだった地面も時間の経過とともに均され、株の成長も伴って、それなりの花園のような見た目になってきている。

地面に屈み込んで、リシェルディは指先で白い蕾をつついた。

――ふふっ、だんだんいい香りになってきたわ……。

フロリアの葉を一枚ちぎって匂いを嗅ぐ。フロリアの花は咲き誇る前に、株中に香りの成分が回る。だから葉を一枚摘むだけでこうして良い香りが楽しめるのだ。

しばらく透き通るような甘い香りを楽しんだあと、リシェルディはぽんと手を叩いた。

「あ、そうだ！」

フロリアの葉を何枚か摘み取り、リシェルディは部屋に戻った。これを枕の下に敷いておけば部屋中に良い香りが広がるはずだ。カイルもフロリアの花が好きだと言っていたので、喜んでくれるだろう。うきうきした気持ちで枕の下に葉を敷いて、リシェルディは厨房へ走った。更にもう一ついいことを思いついたのだ。

――厨房長さんがよく作っていた甘くない焼き菓子なら、カイル様も夜に召し上がってくださるかも。

燻製肉や干し野菜を刻んで入れて、塩味で焼く甘くないケーキは、エルトールの王都で最近流行している一品らしい。見た目はお菓子なのに食べてみると普通の食事のようで意外と美味しい。それに食べやすく、保存も比較的きく。

――私が料理をしたら、カイル様はびっくりなさるかしら？　でもこう見えてもちゃんとできるのよ。働き出してから、ずっとお料理のお手伝いをしていたもの。

ちょっぴり得意な気持ちでリシェルディは思い、遠慮がちに厨房の扉を開いた。

「あの、お仕事をなさっているところ、ごめんなさい。お願いしたいことがあるのだけれど、ちょっとよろしいかしら……？」

おずおずと『料理がしたい』と切り出すと、厨房の人たちが皆、目を丸くした。

だが、カイルの夜食を作ってみたいのだと頼んでみたら、皆笑顔で賛同してくれた。

「それはいい。お喜びになると思いますよ。若奥様から看病のお礼をもらったら、カイル様は嬉し泣きなさりそうですね」

気のいい厨房係にそんな風にからかわれながら、リシェルディは食材を分けてもらって袖まくりをした。

──うん……カイル様が喜んでくださったらいいな……。

自分の作ったものを食べたら、彼はなんと言ってくれるだろう、そんなことを想像するだけでリシェルディの胸が弾む。

同時に、この暮らしをあと一月半ほどで終わらせねばならないのに、そのことを深く考えたくなくなっていることに気づかされた。

誰にも頼らず生きることが人生の目標だったのに、今はカイルと寄り添っていられさえすれば、それでいいと思い始めている。自分は、身代わりに過ぎないのに。

恋心が自分のすべてを変えてしまおうとしている。カイルへの想いが、心の中に積み上げた未来への計画を押し流してしまう。

中途半端な契約結婚を続けたままでは、自立した女性になどなれない。そんなことはわかっているのだが。

──でも好き、好きなの……カイル様のそばにいたい。私……どうしたらいいの？

涙が滲みそうになった瞬間、傍らに立っていた厨房係がおずおずと話しかけてきた。

「若奥様、どうなさいましたか？」

はっと我に返ったリシェルディは、慌てて笑みを浮かべた。自分の思考に没頭しすぎて周囲の人たちのことを忘れていたのだ。己の態度を恥じつつ、リシェルディは明るい声で答えた。

「ごめんなさい。初めて召し上がっていただくものだから、カイル様のお口に合うか心配で」

自分のことばかり考えていると、ついつい『幸せな奥様として振る舞ってほしい』という、カイルからの『依頼』を忘れそうになる。そうでなくても具合ばかり悪くして迷惑をかけているのだ。仕事としてきちんとやると約束したことは、最後までやり遂げねばならないのに。

——がんばろう。ちゃんと。

自分にそう言い聞かせ、リシェルディは笑みを浮かべ直した。

結局、その日もカイルの帰りは随分と遅かった。彼は騎士団に籍を置いているが、一部の貴族の子弟のように、気分によって出勤を取りやめるような適当な働き方などしない。将来負わねばならない重責に向け、手を抜かずに仕事に取り組んでいるのだ。その分、課される仕事量も相当なものになっているらしい。

——そうだ、私も新聞を読まなくちゃ……カイル様と話が合わなくなっちゃったら困るもの……。

熱が下がったばかりの疲れでうとうとしていたリシェルディは、はっと目を覚まして、侍女が届けてくれた新聞を手に取る。エルトール王国には複数の新聞社があるが、リーテリア家にはそのうちの上流家庭向けの数紙が届けられるようだ。数日前に解決した事件の報告や時事問題についてなどが、大きな紙の中に簡潔にまとめられている。

貴族社会の情報網にはかなわないであろうが、記事として扱われる内容はかなり踏み込んだものも多かった。

その中の記事の一つに、リシェルディは目を留めた。

『伯爵位にあった独居老人の財産、略取される。国家保安庁が、大規模な犯罪組織の一斉検挙を決断か』

なんとなく気になる内容だった。財産を略取なんて他人事とは思えない。叔父に改ざんされたと思しき、おかしな内容の戸籍のことを連想してしまう。

――身寄りのないお年寄りを騙して、後見人になりすまして財産を奪うなんて……ひどいわ。でも犯人は捕まりそうね。それにしても、どうやって後見人になりすましたのかしら。伯爵様、もうお年で頭がはっきりしていらっしゃらなかったのかな？

記事を読むうちに夢中になってしまい、階下の物音に気づかなかったらしい。

ふと顔を上げると、カイルが淡い微笑みを湛えて部屋の入口に寄りかかっていた。

いつの間に帰ってきていたのだろう。リシェルディは慌てて手に余る大きな新聞を畳み、カイルに駆け寄った。

「おかえりなさいませ！」

「ただいま」

伸ばされたカイルの腕に飛び込み、リシェルディは引き締まった胸に顔を埋めた。

――ああ、カイル様の匂い……好き……。

カイルに触れていると、悶々と悩んでいた未来のことが忘れられる。ただ、彼と自分しかこの世にいないように思えて、ひたすら甘く幸せな時間に浸ってしまう。

今だってそうだ。さっきまでリシェルディをさいなんでいた『未来のこと』や『カイルの本当の気持ちがどこにあるのか』なんて問題は、お茶に落とした砂糖のようにゆらゆらと溶けて消えてしまった。カイルが好き、ただそれだけしか考えられなくなる。

「昨日より元気そうでほっとした。君が随分真剣に新聞を読んでいるから、なんだか面白くて見ていたんだ」

くすくす笑いながらカイルが言い、リシェルディの唇を軽く己の唇で塞いだ。

「夕食をとりそこねて腹が減った。何か食べてくる。その辺に置いてあるパンでも食べようかな」

カイルの言葉に、リシェルディは慌てて彼の袖を引いた。

「お待ちください。私、お昼に作り置きの軽食を作りました。用意しますからお座りになって」

言いながらも緊張してしまう。皆に一口ずつ味見してもらった時は「美味しい」と言ってもらえたから大丈夫だと思うのだが……。

「珍しいな。君が料理したのか？」

カイルが言われたとおりに椅子に腰を下ろし、満更でもない表情でリシェルディの様子を見守っている。

用意した焼き菓子とお茶をカイルの前に並べ、リシェルディは祈るような気持ちで指を組み合わせた。

「甘くないのです。召し上がってみてください」

カイルが頬を緩めて手を伸ばし、焼き菓子をぱくっと頬張った。

「美味いな」

嬉しそうにリシェルディを振り返り、彼はあっという間に焼き菓子を平らげてゆく。

「干し肉も野菜もチーズも入っていて美味かった。腹が減っていたからこれはありがたい」

長椅子のカイルの隣に腰かけ、リシェルディはほっとしてカイルの横顔を見つめた。仕事とリシェルディの看護のためか、彼の顔は少しやつれていた。

──カイル様はお疲れなんだわ。あまり迷惑をかけないようにしなくちゃ。

リシェルディは彼の腿の上に手を置き、機嫌良く焼き菓子を頬張るカイルに寄り添った。

「美味かった、ありがとう。料理人を起こすのも可哀想だからどうしようかと思っていたんだ。まさかこんなご馳走にありつけるとはな」

「明日も作りましょうか？」

思わず身を乗り出したリシェルディの背中に手を回し、カイルが笑った。

「嬉しいけれど、君は具合が良くないのだから無理しなくていい。本来は俺が仕事中でも何か食べるよう心がけるべきなんだ」

「大丈夫です、もう元気だから」

「あんなに苦しそうだったのにか？　無理だけはしないでくれ。俺は心配なんだ」

背中に回されたカイルの腕に力がこもり、リシェルディをぐいと引き寄せる。リシェルディは頬を染め、カイルの優しい言葉を噛みしめた。

「何も無理に思い出そうとしなくていい。時間がかかってもいいんだから」

「はい……」

幸せな気持ちで返事をした瞬間、違和感を覚えてリシェルディは動きを止めた。

——思い出さなくていいって……私、カイル様にも、ううん、他の人にだって記憶を失った話はしていないのに……？

たしか前にも同じことがあったはず。まだカイルと暮らし始めて間もない頃、初めて頭痛の発作を起こした時のことだ。

あのときは何かの間違いかなと思って聞き流してしまったけれど、やはりこうして改めて考えるとおかしな感じがする。

熱に浮かされている間にしゃべったのだろうか。

しかし、リシェルディの記憶喪失の症状は特殊で、説明するのは少し手間がかかる。熱と頭痛で苦しんでいる間にそんなことを理路整然と説明できたとは思えないのに……。

「どうした？」

リシェルディは何も言えずにカイルを見つめ返した。なるべく自然な口調を心がけて唇を開く。

「あ、あの、思い出さなくていいって……どういう意味ですか」

寄り添い合っていた二人の間に、沈黙が落ちた。蕩けるように優しかったカイルの表情が不意に凍りつく。リシェルディの心に、小さな影が差した。

「カイル様に、私の身体のことを何か話しましたっけ？」

その言葉に、カイルがそっと目をそらす。隠したいことがあるのだと言わんばかりの仕草に、リシェルディの胸に不安がわだかまってゆく。

「カイル様……？」

「実は、君の身上調査をした時に、君の叔母さんから聞いていたんだ。君は記憶を一部なくしているって」

「あ、あの、調査のことは伺っていましたけど……カイル様、叔母様にも会ったのですか？」

カイルの返事に、不安が最高潮に高まる。

記憶喪失のことなど、知られてようがどうでもいいのだ。そんなことよりもあの夫婦とカイルが接触したということの方が不安だった。

もし叔母と会ったのなら、あのひどい叔父にも会ったのではないか。彼がカイルに迷惑をかけたりしてはいないだろうか。妻の兄夫婦の財産を奪い、蕩尽するような人間なのだ。もし叔父が、姪が国内でも有数の大貴族に嫁いだことを知ったならば、黙っているとは思えない。

——どうしよう……あの人たちがリーテリア家に、カイル様に迷惑をかけたら……。

震え出したリシェルディの背中を撫で、カイルが悲しげな口調でつぶやいた。

「すまない。黙っていて。やはり君のご親戚にお会いしたことは、ちゃんと言っておくべきだった」

「そんなことより……あの、私の叔父や叔母が、カイル様に何かご迷惑をかけるようなことがあればすぐに仰ってください。そんなことがあったら、私……すぐにお暇をいただいて出て行きます」

「君は、何を言っている」

珍しく声を荒らげたカイルが、勢いよくリシェルディを抱き寄せた。

「大丈夫だ。詐欺師や破落戸《ごろつき》どもは頻繁にリーテリア家の人間の身辺をうろついている。

我が一族の財を狙う者や、醜聞を暴いて恐喝しようと考える者は多いからな。だが、俺も姉も両親も、そんな人間への対処は慣れている」

破落戸……という言葉に、リシェルディの絶望はますます深まる。

つまりカイルは叔父夫婦がどんな人間であるかを、すでに知っていたのだ。

叔父は、なんらかの怪しげな人々の力を借りて、両親の財産を不正に処分したような男だ。いくらカイルが『慣れている』と言ってくれたとしても、そんな人間をリーテリア家に近づけたくない。

――私のせいだ。もっとよく考えればよかった……カイル様と叔母様が接触してしまうなんて。

仮の結婚を申し込まれた時は、面倒事が発生した場合のことなんて考えていなかった。

リシェルディの考えが浅かったのだ。当初は契約結婚をしても、関係がこじれたらすぐに出ていけばいいくらいの気持ちだった。

でも、こんな風に気持ちが変わってしまった今では、彼の重荷になるのが耐えがたい。

「出ていくなんて言うな。俺たちはまだそんな関係なのか。そんな風に言われて、俺がどんな気持ちになるのかわからないのか」

リシェルディの目からぼろぼろと涙が落ちた。

「カ、カイル……様……」

何をどうしていいのかわからない。

叔父と叔母がカイルに迷惑をかけるかもしれないなんて考えたくもなかった。

しかし、途方に暮れるリシェルディの耳元で、カイルは真剣な口調で言った。

「君のことは俺が守る。まだ若くて頼りない男に見えるかもしれないが、信頼してくれ」

リシェルディの背中を撫でながらカイルは続けた。

「君がそばにいなかったら、俺は幸せになれない」

再び、リシェルディの目からどっと涙が溢れた。

リシェルディも同じだ。何も持っていない貧しい小娘にこんなに優しくしてくれたのはカイルだけ。父と母が亡くなって、もう誰からも愛され大切にされる日なんてこないと思っていたのに、その絶望を拭ってくれたのは彼だけだった。

泣きじゃくるリシェルディの背中をひとしきり撫でてくれたカイルが、しばらくして立ち上がった。

「……リシェルディ、また熱が出たら心配だから、もう休もう。今日は美味しいものを作ってくれてありがとう」

「はい……」

涙でぐしゃぐしゃになった顔を覆い、リシェルディは頷いた。カイルが顔を隠す手を外させて、懐から出した手巾でそっと顔を拭ってくれた。まるで傷つきやすい果実でも扱うかのような手つきに、リシェルディは思わず笑ってしまう。

「くすぐったいわ」

額に口づけを受け、リシェルディは再びカイルの胸に抱きしめられた。いたわるような優しい抱擁に心がほぐれていく。傷だらけだった心が溶けて、カイルに向かって流れ出していくような気さえする。

——私、カイル様に会えてよかった……。

寝台に横たわったリシェルディの身体に、カイルが優しく丁寧に毛布をかぶせた。

「そういえばこの部屋の中、いい匂いがするな」

カイルの言葉に、リシェルディは微笑んだ。きっと彼も、枕の下にこっそり忍ばせたフロリアの葉の香りに気づいたのだ。

「俺ももう少し仕事を進めたら休むから。おやすみ」

リシェルディは頬を染めて頷いた。枕元からはフロリアの葉の透き通るような香りが漂ってくる。

なんだか、幸せで心がむずむずする。

——私、出ていかなくていいのかも。カイル様は私のことも、ヴィオレ様と同じくらい好きになってくれたのかも……。

甘い香りに、甘い想像。リシェルディはその夜久々に、夢も見ずにぐっすりと眠りについた。

悲しくて心が破れそうな両親の葬儀の夢も、空っぽの馬小屋の夢も、誰かに置いていかれた絶望も、夢魔の囁きも、その夜はリシェルディの眠りを侵そうとはしなかった。

しかし、そのまま安らかに朝を迎えるはずだったリシェルディは、カイルの寝言で目を覚ました。

部屋の中はかすかに明るい。

もうすぐ夜明けなのだろう。菫色のカーテン越しの光が部屋の中を満たしている。部屋の中には、フロリアの香りが静かに漂っていた。

――カイル様、今何か仰った？　怖い夢をご覧になっているのかしら。

眠い目を擦って、リシェルディはカイルの端正な顔を覗き込んだ。カイルはかすかに眉根を寄せ、何かを振り払うように頭を動かす。

「カイル様、大丈夫ですか……」

たくましい肩に手をかけた瞬間、カイルがはっとしたように目を開けた。

「……ああ、よかった、ヴィオレ、ここにいたのか」

その瞬間、何を言われたのかわからなかった。

自分が別の女性の名前で呼ばれたのだと気づいたのは、一拍置いたあとだった。

リシェルディを紗のかかった瞳で見つめるカイルの唇から、残酷な言葉が続く。

おそらくは無意識であるからこそ、口にしたであろう言葉が。

「どこにいたんだ、心配した」

衝撃で切りつけられたように動けないリシェルディに手を伸ばし、カイルが震える身体を抱きすくめた。

「捜していた……ずっと……」

優しく残酷な言葉の語尾が、溶けるように消えた。

カイルはリシェルディの身体を抱きしめたまま、今度は安心したように安らかな寝息を立て始めた。

リシェルディは彼の腕の中で身をこわばらせたまま、カイルの言葉を反芻する。

——今、私を見てヴィオレって仰ったわ……。

温かいはずの愛しい男の腕の中で、身体からぬくもりが失われていく。

失望が、じわじわと全身に広がってゆく。

——カイル様、私のこと、ヴィオレって……呼んだ……。

何も考えられない。動けない。

リシェルディはカイルの腕の中、身じろぎもできずに息を殺した。

——ああ、やっぱり私……ヴィオレ様の代わりなんだ……。

涙すら出てこなかった。

ただ、カイルの優しさに浮かれ切っていたことが情けない。

身代わりであることを忘れた自分の愚かさを突きつけられ、癒されたはずの心が、再びズタズタに破れていく。

亡くなった婚約者を想い続け、リーテリア家の嫡男でありながら、新たな婚約者を選ぶことを頑なに拒み続けたと言われるカイル。絶望から這い上がりたいとリシェルディに告げた時の、彼の血を吐くような言葉。

カイルのヴィオレに対する想いの深さは、リシェルディにもわかっていたはずなのに。

人は本当に苦しい時は、とっさに涙が出てこないのかもしれない。両親の死を告げられた時もそうだったし、今もそうだ。

――カイル様……。

鈍い痛みが心に広がってゆく。愛するカイルのくつろいだ寝顔を見つめながら、リシェルディは悟った。身代わりはこれ以上はないくらいにうまく行ったのだ、と。

カイルに『ヴィオレ』と呼ばれた夜から、十日ほどが経った。

あの日から、リシェルディの心の中で何かが壊れてしまったようだ。

カイルとは、今までのように仲良くし、甘えて口づけを交わすくらいならできる。

けれど、それ以上カイルのことを受け入れられない。ちょうど月のものの時期にかかったのを口実に、遠回しな彼の誘いもやんわりと断り続けている。

カイルだって鈍い男ではない。リシェルディが自分を避け続けていることには気づいているはずだ。だがその理由には、彼は全く心あたりがないようだ。

「そのドレスの色、似合うな」

話しかけてくる口調も少しぎこちない。リシェルディはできるだけ明るい笑みを浮かべ、ドレスを摘んでみせた。

「カイル様が頼んでくださったものですわ」

「ああ、覚えてる。姉上のお気に入りの仕立屋が持ってきてくれた生地だ。俺の見立てもなかなかだろう？」

カイルの言うとおり、彼がリシェルディのドレスを選んでくれる時の審美眼はなかなかのものだ。

今日のドレスも、花のような自然な桃色が鮮やかで素晴らしい。リシェルディの淡い色の髪を引き立ててくれている。

普段着には少し華やかな一着だが、カイルはリシェルディが綺麗に装っていると、いつもとても嬉しそうにしてくれる。でも今は、そんな笑顔すら心に痛い。

「リシェルディ、最近顔色が悪いようだが、大丈夫か。また頭が痛むのか？」

新しいドレスの仕上がりに目を細めていたカイルが、ふと心配そうにそう言った。

「大丈夫です。最近色々と考え事をしていて……それで眠れないだけです」

その答えにカイルがわずかに表情を緩める。

「ならいいんだが……」

「はい。あの、カイル様は、今日もお帰りは遅いんでしょうか？」

カイルは王都に帰還してから、将来に備えて多様な業務経験を積むために、騎士団以外の省庁にも派遣されることになったと聞いている。新しい仕事を覚えねばならないせいで毎日忙しいのだ。

リシェルディの問いに、カイルは笑顔で答えた。

「今日は海上哨戒《しょうかい》に参加する。事後処理があるから遅くなるかもしれない」

カイルの説明を聞いているうちに、リシェルディの胸に不安がよぎった。

「哨戒って……見回りでしょう？　危なくないのですか？」

「心配してくれてありがとう。まあ仕事柄、時には危ないこともしなければならないな」

「どうしてそんなお仕事に異動されたの？」

そう尋ねると、カイルは微笑んだ。

「昔から色々と調べたいことがあったから。王都に帰ってきて、その調査を担当している人たちに誘ってもらったんだ。怪我には気をつける」

カイルが目を細め、リシェルディの額に口づけを落とした。しかし、表情を曇らせてすぐに顔を離す。

「……やっぱりなんだか顔色が悪くないか？　手もこんなに冷たいし。医者を呼んでみてもらおうか」

「大丈夫ですってば。心配なさらないで。私、カイル様と違って冷え性なんです」

カイルの広い背中を笑いながら押し、リシェルディは背伸びをして、身を屈めた彼の頬に口づけした。

笑顔で手を振りながら出て行くカイルを見送り、リシェルディは足を引きずるようにして部屋に戻った。

カイルに寝言で『ヴィオレ』と呼ばれてから、ずっと心が痛いままだ。

彼はまだヴィオレを忘れていない。愛する人の本音を知ってしまったのに、リシェルディの心の中の恋心は消えない。消したくても、消えなかった。

一番好きな人に、身代わりとして大事にしてもらう生活が果たして正しいのか、最近ずっと悩んでいた。

カイルは心の中のヴィオレと現実のリシェルディを重ね、現状に満足して暮らしているのかもしれない。好きな人に大切にしてもらえるならば、それでもいいのかもしれないと何度も心が揺らいだ。

けれど、やはりそんなのは間違っているのではないか。

幻想を大切にし続けることは、痛みをごまかし続けることと同じだ。

身代わりを愛することでカイルの心が安らげばいいと思っていたけれど、それでは彼の心の傷は永遠に癒えない。過去にとらわれることなく誰か別の人を愛してこそ、カイルは本当に立ち直り、幸せな人生を歩めるのではないだろうか。

カイルは、おそらく無意識に、リシェルディの心も身体も、ヴィオレのものだと思い込もうとしている。彼の愛も優しさもすべて、リシェルディを通して、今はもういないヴィオレに捧げられているに違いない。

──だけど、私は、ヴィオレ様じゃないわ……。

今はよくても、こんなことを続けていたら虚しさに負けてしまう日が絶対にくる。自分もカイルも、両方ともだ。

だからおそらく、もう離れた方がいいのだろう。傷が更に深くなる前に。

ふらつく足取りで衣装部屋にこもり、リシェルディは隠していた縫いかけのかばんを取り出した。

──私の荷物を入れるかばんを作ろう……長靴と毛布と、着替えは持って出ていきたいな……。

ぼろぼろの買い物かご一つで叔父の家を飛び出してきたリシェルディは、まともなかばんを持っていない。貴婦人は大荷物など持たないし、かばんが欲しいと訴えてもカイルには不審に思われるだけだろう。

裁縫はそこそこ得意なはずなのだが、縫っていると涙が出てくるのでうまく縫えない。

――ああ、結婚話を引き受けた時は、自分の気持ちがこんな風に変わっちゃうなんて思わなかった。私……このままじゃ、絶対にカイル様から離れられなくなる……。

自分のことを好きになってほしい。一番好きになってほしい。他の人のことを忘れてほしい……。

その本音を押し殺し、リシェルディは血の味がするほど唇を噛みしめた。

涙が流れるに任せながら、リシェルディはのろのろと針を動かした。あまり衣装部屋にこもっていると不審に思われるだろうから、たまに外に出て侍女たちと笑顔で会話もしなければならない。そのためには、こんな風に泣き続けていてはいけないのだけれど。

「失恋も経験よ」

リシェルディは自分を励ますようにつぶやく。

これから先の未来で、カイルと離れたまま生きていくことを考えると、まるで皮膚を引き剥がされるかのような痛みが心に走る。

ぼんやりと針を動かしていたら、優しい母と一緒に刺繍をしたことを思い出した。

温かな楽しい時間。自分もいつか愛する人と家庭を持って、こんな風に幸せに過ごせるのだろうと無邪気に思っていた頃。

『ここにはお父様のお名前を入れましょう。その下に母様と貴方の名前を』

透き通るような白い指で、母が布の一部を指し示してくれたことを思い出す。長い時間をかけて『エルマン』と父の名を綴り終えたリシェルディの頬に口づけをして、母は『上手だわ』と褒めてくれた。

——お母様と、もっと色々お話ししたかった……お母様なら、初めての恋がうまく行かなかった私に、なんて言ってくださったかしら。

きっと母なら、今は辛くても、また幸せな未来が絶対にくると言ってくれたはず。貴方が元気になるまで母様がそばにいると励ましてくれただろう。

歪み始めた縫い目を慌てて直し、リシェルディは溢れてくる涙を拭った。

——あの刺繍を飾った額は、捨てられてしまったのかしら。

フロリアの花と、家族の名前を刺繍した拙い作品。あまり良いできではなかったけれど、父はとても気に入って居間の棚に飾ってくれていた。

懐かしい刺繍の額のことを思い出し、リシェルディは手を止める。今、無性に、両親と過ごしたあの家が懐かしい。もう帰れないけれど……帰りたい。

こうしていると、父のことも懐かしく思い出される。嬉しそうに娘の仕上げた刺繍の額を手に取り、頭を撫でてくれた大きな手。

『上手な刺繍じゃないか。ちゃんと名前も読める。エルマン、シーダ、ヴィオレってね』

もう、あの刺繍も、誰かの手で不要物として処分されてしまったのだろうな、と思った瞬間、手にしていた縫いかけのかばんを取り落としそうになった。

——待って……今の、何？

記憶の中に鮮やかに蘇るのは、自分がこの手で初めて仕上げた刺繍。間違いない。

毎日目にしていた、馴染んだ刺繍だったから。

でも、そこに刺繍された名前は自分のものではなくて……。

「……っ！」

思わず声を漏らし、リシェルディは縫いかけのかばんを投げ出して立ち上がった。

記憶の中にまでヴィオレの名前が出てくるなんて。もしかして心の底から、自分は彼女に成り代わりたいと願っているのだろうか。

ずくん、と頭に痛みが走る。リシェルディは思わず両手でこめかみを押さえた。

「い、いや……」

突如、家族を失った日の記憶が頭の中に溢れ出した。

両親の帰りが、その日は遅かったこと。馬車が大規模な土石流で流されたかもしれないという知らせ。きっと生きている、無事だと信じて待ち続けた数日。恐怖と不安でどんどん衰弱していった自分の身体のこと。土石流は道を行き来していたたくさんの人を犠牲にしたということ。

怒涛のように流れ込んでくる当時の感情が、リシェルディの足をがたがたと震わせた。

シェイファー伯爵領で、領主夫妻が災害に巻き込まれて死亡した可能性があるという報告を聞き、『彼』は単身駆けつけてくれた。

『大丈夫だ。俺がいる。俺がいるから……』

高い熱を出し、食事もとれないほどに衰弱したリシェルディを抱きしめ、彼は言ってくれた。

『絶対に俺が守る』

記憶の中の彼はカイルの顔をしている。今より若くて、少年特有の頑なな顔をしたカイルだ。これもきっと、リシェルディの願望なのだろう。カイルに愛される少女が自分であればよかったのにという、悲しい願望の結実なのに違いない。

でも、彼はリシェルディを守ってくれなかった。

婚約者だったのに、愛していると言ってくれたのに……リシェルディを置いて、嵐の中、父母の葬儀を見届けずに去っていった。

理由は……リシェルディの存在が重かったからだ。

両親の庇護を失った貴族の一人娘なんて、哀れなくらい非力な存在である。どちらの祖父母もとうに亡い。シェイファー家の相続にまつわる大量の面倒な案件は、すべて婚約者の肩にかかってしまう。しかも今後は、何もできない十五の少女の面倒まで見なければならないのだ。

若くて未来のある彼が、面倒から逃げ出して何が悪いのだろう。仕方のないことだ。誰もが彼に言うだろう、『貴方の将来を優先して』と。

――私は一人なの……もう誰もいない……待って、本当に？　本当にそうなの？

ふと、違和感を覚えた。

自分の頭に浮かび上がるこの記憶は、本当に真実なのだろうか。

父母の事故を知り、嵐の中必死で駆けつけてくれるような誠実な婚約者が、本当にそんな無責任な理由で自分を捨てたりしたのだろうか。

頭の中で脈打つ鋭い痛みが、ひときわ強まった、そのときだった。

「奥様、あの、奥様のお父様のご友人だというかたがお見えになりました。居間の方にお通ししてもよろしいでしょうか」

侍女の声が扉の外で聞こえた。リシェルディは慌てて顔を拭い、明るい声で返事をした。

「父の友人……？　私のですか？」

「はい、そのように仰っています」

家の者は、来客の身分証を確認した上で、身なりや言動に問題がないと判断しその人物を通したのだろう。

リーテリア侯爵家の跡継ぎが『リシェルディ・ノーマン』という娘と結婚した話は、さんざん大衆娯楽系の新聞に書かれた。

少し調べれば、リシェルディの消息にもすぐに行き当たったに違いない。

「すぐに行きます。少しお待ちいただいてください」

リシェルディはそう答え、慌てて腫れた目を水で冷やし、おしろいを叩き直した。それから、引き出しにしまってある鎮痛剤を多めに飲む。本来であれば用量を守らねばならないのだが、頭痛がひどくてそんなことを言っている余裕がない。

少し疲れた顔をしているが、これでごまかせるだろう。

階下に急いだリシェルディは、深呼吸をして居間の扉に手をかけた。

「失礼いたします」

「やあ、久しぶり」

リシェルディはその刹那、居間の椅子から立ち上がった男の姿に声を失った。

「おじ……さま……」

そこにいたのは、忌まわしい叔父だった。

しかし、見かけは大分変わっている。一部の隙もなく身に着けた上質な衣装に、きちんと手入れされた髪。表情も以前の酒で荒れたものとは別人のようにすっきりと整っている。

「突然訪ねてきてすまなかったね。今日はどうしても君に頼みたいことがあったものだから」

頭痛が更にひどくなったような気がする。リシェルディは、侍女たちの手前不審に思われないよう、できるだけ穏やかな笑みを浮かべて、叔父の正面の席に腰を下ろした。

カイルに迷惑をかけるような話だったら、ここで突っぱねねばならないと決意する。

いくら清潔感のある装いをしていても、この叔父はリシェルディから両親の財産を奪い、使い込んだ人間なのだ。油断をしてはいけない。

「人払いをしてくれないか」

リシェルディは顔を上げ、侍女たちに頷いてみせた。彼女たちが部屋から出ていくのを確かめ、叔父に向き直る。

「ところで君は、今、なぜ『リシェルディ・リーテリア』と名乗っているのだね？」

「どういう意味ですか？」

叔父の質問を聞きとがめ、リシェルディは眉をひそめる。脈絡のない質問を、叔父がどこか言い訳するような口調で補った。

「いや、本当にリーテリア侯爵のご子息と入籍をしたのかと思って」

「……はい、いたしました」

叔父は腕を組み、やがて、薄い笑いを浮かべて頷いた。

「そう、それはおめでとう。どうやって出会ったんだ？」

「仕事をしている時に、カイル様にお声をかけていただいたのですわ。その後仲良くなって、私を妻に迎えてくださいました」

「なるほど」

叔父が、何かを理解したというように頷いた。

「カイル殿のことはどう思っているのだ？」

リシェルディは内心唇を噛む。叔父に言質《げんち》を与えるようなことはしたくない。

「良い方ですわ。真面目で思いやりがあって。ところで叔父様、今日はどんな御用でいらしたの？」

「実は最近、新しい事業が軌道に乗ってきてね。過去の良くない行動を一つ一つ悔いるために、色々と行動をしているところなんだ」

叔父の返事に、リシェルディは眉をひそめた。

あのひどい生活態度を見ていて『過去の行動を悔いる』なんて言われてもにわかには信じがたい。

「リシェルディ」

「は……い……」

おずおずと返事をすると、叔父はなぜか満足げな笑みを浮かべた
「君の両親の埋葬の件はすまなかった。遺体の損壊がひどかったとは言え、私に搬送料が立て替えられなかったばかりに共同墓地へ埋葬することになってしまって」

たのか。

「共同……墓地……？」

信じられない単語に、頭の芯がくらりとした。

叔父は今、両親は共同墓地に葬られている……と言ったのか。

両親は代々守り続けてきたシェイファー家の墓地で、安らかに眠っているのではなかったのか。

「どういうことですか？」

無意識に声が尖る。眉根を寄せたリシェルディをなだめるように、叔父が穏やかに聞こえる口調で言った。

「事故現場から遺体を運び出す際に、防腐のための特別な処置をして搬送せねばならないと言われたんだ。だが、それにはかなりの金がかかると。だから当時の私はその提案を断り、事故現場のそばの共同墓地に埋葬するよう言ってしまった。……言いにくいことだが、カスロフ霊園が近かったものでね」

叔父の言うカスロフ霊園とは、罪人の亡骸を葬る場所のことだ。

なぜ、領民のために尽くし、真面目にシェイファー伯爵領の発展のために尽くしてきた両親が、尊厳もなくそのような場所に葬られねばならなかったのか。

誰も訪れることのない、花を手向けられることすらないような忌むべき場所に両親が眠っているなんて知らなかった。

「う、嘘……」

信じがたい事実が、殴りつけられるような衝撃をリシェルディに与えた。あまりのことに涙が溢れ出す。

しつこく痛み続ける頭の中で、両親が死後に受けた無情な仕打ちがぐるぐると回る。

——お父様とお母様が罪人の墓地に葬られた？　冗談でしょう。信じたくない！

頭ががんがんしてうまく回らない。

——そんなのひどい、ひどいわ……絶対に許せない……。

擦り切れそうな思考の中で、叔父への怒りと愛する両親への申し訳なさだけが膨れ上がる。思わずリシェルディは厳しい声を上げた。

「なんという仕打ちをなさるの！　お金がなかったからカスロフ霊園に埋葬しただなんて！　そんなことなら、私の服でもお母様の宝石でもなんでも、売ってくだされればよかったじゃないの！」

「すまなかった。私の考えが足りなかったんだ。過去のあのような判断は褒められたものではないとわかっている。私の将来のためにも埋葬のやり直しをさせてくれないか」

リシェルディは、怒りのあまり、手のひらに爪が食い込むくらいに拳を握りしめた。

叔父の言葉は最低な言い草としか思えなかった。今の自分がうまく行っているからって、自分の名誉の回復のために、非道な行為を償わせてほしいなんて。

天国の両親は今どんな気持ちでいるのだろう。早く本来葬られるべき場所で眠らせてほしいと、必死にリシェルディに訴えかけているのではないだろうか。

頭が重くて痛くて、耐えがたくなってきた。とにかく一刻も早く両親を安らかに眠らせてあげたい。焦燥感に追い立てられるようにリシェルディは立ち上がった。

「叔父様、もう結構です。私がカスロフ霊園を訪問して、再埋葬の手続きをしてまいります」

「そう……それは申し訳ないが、ではお願いしていいかな」

叔父が薄い笑いを浮かべ、リシェルディに言った。なぜ笑うのだろうと一瞬不思議に思ったけれど、リシェルディは構わずに部屋を飛び出す。

葬儀の時に高熱で倒れてしまったせいで、両親がきちんと墓地に埋葬されたかどうかを確認できなかったのは失態だった。

――私がしっかりしていたら、お父様とお母様がそんな風に扱われずに済んだはずなのに……ごめんなさい、すぐに迎えに行くわ、お父様、お母様。

最愛の両親のことを思うと、激しい頭痛も忘れてしまいそうなくらい心が痛かった。

小さな手提げにありったけの財産と、預けたお金の証書を詰め込み、リシェルディは一番かかとの低い靴で部屋を出た。

これまでの貯金とカイルからもらった『結婚の報酬』があれば、再埋葬くらいはなんとかなるだろう。とにかく一刻も早く、父と母をそんな場所から出してあげたい。

「奥様、いかがなされましたか」

家令に驚いた様子で引き止められ、リシェルディは早口で答えた。

「ごめんなさい、私、急いでカスロフ霊園に参ります。旧シェイファー伯爵領にある罪人を埋葬する小さな霊園なのですけれど、私の両親が、手違いでそこに埋葬されているそうなのです」

事情を口にするだけで苦しかった。両親は今、まともな墓守もいない罪人の霊園で、花を手向けられることもなく、薄汚れた墓標の下で悲しみの涙を流しているに違いない。

「なんのお話でございますか？　お出かけはお待ちください、カイル様がお戻りになるまで……奥様！」

リシェルディは、引き止める家令を振り切って家を飛び出す。

この屋敷にきた時も一人旅だった。王都からシェイファー伯爵領への行き方は知っている。一人で大丈夫だ。

父と母の優しい笑顔が、繰り返し胸に浮かんだ。

自責の念がリシェルディの心を蝕む。自分が『弱かった』せいで、『しっかりしていなかった』せいで、大事な両親をひどい目に遭わせてしまった。その思いがリシェルディの足を急がせた。

――まずは港へ向かって、船で地元の港へ……。

懐かしい道のりを思い浮かべ、リシェルディが足を早めた時、一台の馬車が追い抜いていった。その馬車が速度を緩め、目の前で停まる。

「港へ行くなら乗っていかないか」

その馬車の窓から顔を出したのは、叔父だった。足を止めたリシェルディに、叔父は親切に聞こえる口調で告げる。

「旧シェイファー領へ向かう船が出るまで、あと一時間もない。次の船は明日だぞ。急いだ方がよくないか？」

叔父の言うことになど耳を貸したくない、と思ったリシェルディに、馬車を降りた叔父が手を差し出した。

同時に御者がひらりと御者台を降り、叔父とリシェルディの方へ軽やかに歩み寄ってきた。

「どうしました、ノーマンさん」

平凡な装いの御者の声を聞いた瞬間、リシェルディの脳内で何かが弾けた。

――この、声……！

一瞬耳を疑ったが、間違いない。

この声は、夢の中に出てきた夢魔の声だ。

空っぽの馬小屋の前で立ち尽くすリシェルディに『絶望的な真実』を囁いてくる、あの忌まわしい夢魔の声。夢を侵し、魂を腐らせると言われる夢魔の声だ。

『彼は、貴方のような足手まといからは逃げたかったのでしょう。馬を駆って飛び出していきました。孤児になった貴方の存在は、婚約者殿には重すぎたのです。ですが仕方がない、彼も若いのですから……』

夢魔の声を思い出し、リシェルディの足が震え出す。

——あれは現実に言われた言葉だったの？　この人は誰？

リシェルディは反射的に、彼らからあとずさった。同時に、近づいてきた御者が、叔父と視線を交わす。

四本の男の腕が伸び、リシェルディの身体を捉えた。しまった、と思うと同時に、リシェルディの口元に異様な甘ったるい匂いのする湿った布が押しつけられる。

「ん、う……」

リシェルディの身体から、力が抜けた。

「随分うまく連れ出せましたね。もう少し手こずるかと思ったのですが。まあなんにせよ、美しいので高値はつくことでしょう。処女でないのは値下げ要素になるかと思いますが、高貴な若妻として売り出せばそれ好みの筋には評価されるかもしれません。薬を再度与えてみましょう」

遠のく意識の中、『夢魔』の声が、そんな言葉を告げた。

逃げなければ、と、もがこうとするリシェルディの耳元で、叔父の声が響く。

「そうだな。あの薬は随分効いたようだ。この娘がリーテリア侯爵家に何かを泣きついた様子もなかった。未だに『リシェルディ』と名乗り続けているくらいだからな。余計なことがバレる前に、さっさとこいつを売り飛ばして逃げよう」

「最近、保安庁の監視がしつこいですからね。リーテリア家のお坊ちゃんが色々と嗅ぎ回っているようですし」

リシェルディは、必死に目を開けようとした。だが抵抗むなしく、リシェルディの意識は闇へと引き込まれていった。

第六章　月は愛しい騎士を抱く

リシェルディは、重いまぶたを開けた。どこからか潮騒が聞こえる。

――私、叔父様とあの男に……！

はっとなって身体を起こしたリシェルディは、倉庫のような場所で目を開けた。がっちりと梱包された荷物が詰め込まれたその場所は、一見、貿易会社の積荷置き場のように見えた。おそらくはこれから船に積まれる荷物なのだろう。

どうやら出入り口は施錠されているようだ。高い場所にあるいくつかの明かり取りの窓から光が差している。

リシェルディの耳に、意識を失う直前に交わされていた忌まわしい会話が蘇る。彼らはリシェルディを売ると言っていた。あの話の内容が確かならば……おぞましい奉仕を強要される奴隷として売り飛ばされるに違いない。

そういえば叔父は昔、あの家を飛び出す前も同じことを言っていた。珍しい容姿のリシェルディを売り飛ばしてお金に換えると。

――あんな風に身ぎれいになさって、新しい事業も成功させたなんて仰っていたけれど、嘘だったのね……。

なぜ叔父が今頃、リシェルディを売り飛ばそうと思ったのかわからない。

しかしこの倉庫に閉じ込められたままでは、いずれひどい目に遭わされるのは確実だろう。逃げなくては。

立ち上がって、施錠された横開きの扉を確認しようとしたリシェルディの背後から、粘ついた男の声が響いた。

「ふん……本当に何も覚えていないようだな。あの人の扱う薬は素晴らしい効果だ。そう思わないか、ヴィオレ。いや、今はリシェルディだったか」

そこに立っていたのは、鍵束を手にした叔父だった。どうやらこの広い倉庫には裏口があり、叔父はそこから入ってきたようだ。大きな引き戸は荷物の搬出口なのだろう。

――ヴィオレ？　どうしてその名前が今……。

かすかに眉をひそめたが、この状況で問いただす余裕はなかった。何かを思い出せそうだが、あと少しというところで思い出せない。喉元に小骨が引っかかったようなもどかしさを感じる。

「叔父様……」

「お前がリーテリア家に余計なことをしゃべっていないのであればいい。伯爵夫妻の一人娘は死に、唯一の相続人であった我が妻エイミアがシェイファー家の全財産を相続した。私はそれを法に触れない形で処分した。その言い訳が通るからな。あとはお前を、美女の飼育が好きだという貴族のご隠居に三百万クランで売ればおしまいだ」

なぜそんなことをぺらぺらと口にするのか、と思ったリシェルディは、すぐにその理由を悟った。

リシェルディはここから逃げられないのだ。おそらくはこの倉庫の外にも見張りがいるのだろう。リシェルディは拳を握りしめ、叔父を睨み返した。

「それにしても、お前、本当に伯爵夫人によく似ているな。ふん、あんな貧相な男にはもったいない美女だった。あっさり死なれる前に味見したかった」

母を侮辱する言葉に、リシェルディは眉を吊り上げた。もう、『味見』の意味がわからないほど子供ではない。

この男は、両親をどこまで貶めれば気が済むのだろう。身体を穢されるかもしれないという恐怖を、怒りが凌駕する。同時に気がついた。叔父はおそらく、リシェルディを誘い出すために姿をあらわしたのだ……と。

「もしかして、お父様とお母様をカスロフ霊園に葬ったって話は、嘘……？」

全身に怒りを滲ませるリシェルディを鼻で笑い、叔父はその問いをあっさり肯定した。

「お前もリーテリアの小僧同様、騙されやすいな。まあ、そんな話はいい。これだけ綺麗な女に育ったなら少しは楽しめそうだ」

「楽しむ……？」

「なぁに、これから売りに出す『お人形』の検品作業をするだけだ。大人しくしていろよ」

何を言っているのか、と言い返す間もなく叔父の手が伸びてくる。

その手が振り払おうとしたリシェルディの手を払いのけ、ドレスの胸元を無情に引き裂いた。

悲鳴を上げる間もなく、叔父の唇がリシェルディの唇を塞ぐ。生臭さに強烈な嫌悪感がこみ上げた。

破られた胸元をつかむ叔父の手に爪を立て、リシェルディは割り込んでこようとする汚らわしい舌に歯を立てた。

――カイル様以外に触られるのはいや！

「ちっ」

舌打ちした叔父に突き飛ばされてドレスの裾をまくられても、リシェルディは歯を食いしばって叔父を睨みつけた。

こんな男にすべてを奪われて、貞操まで穢されるなんて絶対にいやだ。けれど卑劣な叔父の手は子猫のように非力なリシェルディを地面に押さえつけて放そうとしない。手がドレスの裾に潜り込み、下着に手がかかった。死に物狂いで抵抗した瞬間、思い切り頬を叩かれて目の前に星が飛ぶ。

「見えるところに傷をつけると値が下がるんだ。暴れるな……それにしても、こんなに綺麗に育つなんて思っていなかった。エイミアのやつが、いつもお前には薄汚い服を着せていたから気づかなかったよ」

思い切り張られた頬が、熱を帯びてじんじんと腫れ上がるのがわかる。打ちつけた腰もひどく痛い。

押しつけられた叔父の下半身が、唾棄すべき熱を孕んで昂っていた。あまりに気持ちが悪くて、勝手に涙が溢れ出す。

しかし、痛みと強烈な嫌悪感が逆に頭を冴えさせてくれたおかげで、リシェルディはあることをひらめいた。

貴婦人であれば到底思いつかないようなとんでもない行為だ。

しかし、やるしかない。絶対に叔父には一矢報いたい。

――叔父様が、ここまで私を怒らせてくれてよかったのよ。私だって、やられっぱなしじゃいないんだから！

叔父が下卑た笑いを浮かべ、リシェルディの脚から下着を引き抜く。

下着を脱がされるために、片方の手が開放された。リシェルディはあえて身体の力を抜き、ドレスの腿のあたりをぎゅっと握った。

それからわざと、怯えたしおらしい声を上げた。

「い、いや……」

「そうだ、逆らうから痛い思いをするんだ。大人しくしていれば可愛がってやる」

リシェルディはドレスをまくり上げられ、素肌をさらされながら歯を食いしばる。

ふと、叔父の意識がそれたのがわかった。自分の内腿を見つめているのだ……視線にさらされているだけで穢《けが》れていく気がする。あまりの気持ち悪さに叫び出したい思いをこらえ、リシェルディは無言でドレスを掴んだ手を離した。

「叔父様……」

油断を誘うように、か細い声で叔父を呼ぶ。叔父は性欲に濁った声で答えた。

「そうだ。リーテリアの小僧なんかより、俺の方がいい思いをさせてやる」

破れたドレスに手を突っ込まれ、アンダードレス越しに胸を揉まれて、リシェルディの目から気持ち悪さのあまり涙が伝い落ちた。それもまた、叔父の目には抵抗をやめた証左と映ったのだろう。叔父が身体を起こして醜い男の象徴を引きずり出す。

「脚を開け」

リシェルディは言われるがままに、かすかに脚を開く。

——最悪、最悪、最悪……！　触りたくないけど……！

リシェルディの従順さに、叔父の注意がそれた。その瞬間を見計らい、リシェルディは思い切って手を伸ばし、身体を犯そうとする『モノ』に手を添えた。

「ごめんあそばせ」

小さな声でつぶやき、リシェルディは、醜悪に勃ち上がったそれを思い切り『折った』。

びくん、と叔父が身体をはねさせるのも構わず、更に力を入れて力いっぱいねじる。

叔父が声もなく床に丸くなって、脂汗を吹き出しながら悶絶する。

リシェルディは落ちた鍵束を拾い上げ、叔父に背を向けて倉庫の中を走った。小さな出入り口らしきものがあり、内側から施錠されている。いくつか試してみると、鍵束の鍵の一つがかちりと音を立てて錠前を回した。

倉庫の外は、海だった。突き出した埠頭のような場所の先端にこの倉庫はあるらしく、あたりには何台も船が停まっている。

「おい！　売り物が逃げたぞ！」

リシェルディの耳に『夢魔』と同じ声が届いた。港の方から、何人かの男たちが走ってくる。身を翻したリシェルディは、海を背に近づいてくる男を睨みつけた。

——思い出したわ、この人は、お父様とお母様の葬儀にきた知らない人。叔父様とおかしな会話をしていた人よ。

あの悲しい日の光景が、不意にはっきりと頭の中に蘇る。

「ご令嬢、お久しぶりです」

男が薄く笑い、逃げ場のないリシェルディを嬲るような笑みを浮かべた。

やはり、この声は、夢の中でリシェルディを苦しめる『夢魔』の声だ。間違いない。

「お薬が効いたのは何よりですが、被験体に逃げ出されるなんてノーマンさんも無能だな」

何を言っているのだろう。薬、という単語に眉をしかめたリシェルディは、男から距離を取ろうと一歩下がった。そこで気がつく。もうあとがない。この先は……海だ。

「ねえご令嬢、命令すれば死すらも受け入れる奴隷が作れたら、素晴らしいと思いませんか？」

不意に男がそんなことを言った。袋小路に追い詰められたネズミをいたぶる猫のような目をしている。リシェルディはゴクリと息を呑み、破られたドレスの胸元をかき合わせた。

「私は若い頃、遠い南の国で、生贄に飲ませていたという古い薬湯の処方を見つけたんです。それを投与された生贄は、心臓を取り出されることすら受け入れたと言われていましてね。その薬のおかげで、随分といい商売をさせてもらいました。どんなに意志が強く気高い人間であっても、あの薬の服用直後に暗示をかければ『壊す』ことができるんです」

リシェルディは眉根を寄せ、勇気を振り絞って男を睨みつけた。

同時に男の言葉で、叔父の家で飲まされていた異様な味の『薬』のことを思い出した。

あれは途中から飲んだふりをして窓から捨てていたのだが……。

——生贄に飲ませていた薬……心臓を取り出されることになっても逆らわない？　怖い

……でも、私が何も覚えていないのは……その薬を飲まされたからなの？

リシェルディは歯を食いしばった。あと一歩下がれば海だ。あとがない。もう、これで終わりなのかもしれないけれど……踏みにじられたまま負けたくない。

「貴方が『彼』と『自分の名前』を失ってどうなったのかをもう少し調べたいのです。薬の追加投与がなくても、何も思い出すことはなかったのですか？　今まで一度も？　私があの日教え込んだとおりの記憶を抱き続けていたと？　ああ、だとしたら、あの薬には無限の可能性がある。人間の過去すら作り変えることが……」

言いかけた男が、ふとリシェルディの背後の海に目をやった。怪訝そうな男の表情を不審に思い、リシェルディも後ろを振り返る。

何隻かの船が、まっすぐにこちらにやってくるのが見えた。大きな船で、速度も相当速い。

「……なんだ、あの船は……？　おい、来い！」

余裕の表情でリシェルディを嬲っていた男が、慌てたように手を伸ばす。あの船の来訪は、男の予想外のものだったらしい。

――捕まりたくない！　一か八か、あの船に助けを求めよう……！

リシェルディは歯を食いしばり、男の腕をかわして背後の海に飛び込んだ。

泳ぎはそれほど得意ではないが、父に連れられて海水浴は毎年楽しんでいた。海に行くたびに、溺れないための講習も心配症の母に受けさせられた。

リシェルディは叔父の手でビリビリにされたドレスを海中で脱ぎ捨て、薄いアンダードレス一枚になって必死に海面に浮かび上がった。だが、その動作だけで、かなり体力を奪われてしまった。

水を吸った髪が重いが、波が凪いでいるおかげでなんとか呼吸は確保できそうだ。だが、波間に浮き沈みしながら、リシェルディは慌てた様子で人を呼んでいる男から離れ、少しずつ沖へと泳ぎ出す。

船に見つけてもらうまでの間、体力がもつだろうか。

もどかしいほど進まないし、どうしても海水を飲んでしまって苦しい。

——あの船がここにくるまで、溺れずにいられるかしら。だめかも……思ったよりうまく泳げないわ……。

必死で海水をかきながら、リシェルディは思った。

まだ死にたくない。両親亡きあと、どん底から必死に這い上がってきたのに、これからだってがんばりたいのに、こんなことで終わりたくない。

——いやよ、私、カイル様のところに戻りたい。

そう思った瞬間、諦めそうになった身体に力が湧く。そうだ、どんなに苦しくても、がんばればカイルにまた会える。リシェルディは懸命に身体の力を抜いて、水面に顔を出せる時間が長くなるよう努力した。

——カイル様から離れようなんて、私、ばかだった。好きな人のそばにいられる時間は奇跡なのよ。お父様とお母様だって、突然いなくなってしまった。あんな悲しい思いをして、私は何を学んだの。カイル様と一緒にいられる時間を大事にしなくてどうするの……？


塩辛い水を吐き出し、懸命に空気を吸って浮き沈みしながらリシェルディは思った。

——カイル様のところに帰らなきゃ……死にたくない、私、カイルに、会えたのに……。

だんだん、水をかく腕が重くなってきた。

だが幸運なことに、すぐそばに浮いている鮮やかな桃色のドレスが目についたのか、向かってくる船の一隻がリシェルディの方に寄ってきてくれた。

リシェルディは力を振り絞り、腕を空めがけて伸ばす。

——ここにいるわ、お願い、私を拾って……私、もう一度カイルに会いたい。あの人とずっと一緒にいたいの……！

船がすぐ近くで止まり、カイルと同じ制服を着ている男たちが身を乗り出した。

「あそこ！　さっき岸から飛び込んだ女の子が浮いている！」

もう、海面に浮かび上がる力も失いかけていたリシェルディは、投げられた浮き輪にしがみつこうとした。しかし船が起こした波に押し流され、浮き輪に近づけない。

——いや、死にたくないのに……。

だが、波に攫われかけた瞬間、耳に聞き慣れた声が飛び込んできた。

「リシェルディ！」

えっ、と思う間もなく、船から誰かが海に飛び込んでくる。その人物はあっという間にリシェルディに近づき、水をかく手に浮き輪を握らせてくれた。

「しっかり掴まって。この取っ手のところを持っていられるか？」

リシェルディと同じ浮き輪に手をかけているのは、上半身裸のカイルだった。身体には船から続く縄が結ばれている。なぜ彼がここにいるのだろう。

「カイル様……どうして……」

「話はあとだ。絶対に浮き輪から手を離すな」

厳しい表情でカイルが言った。たしかに気を緩めたら、再び流されてしまいそうだ。

「え、ええ」

リシェルディは頷き、浮き輪に掴まる手に力をこめ直す。

ここにカイルがいることが夢のようで、現実についていけない。カイルのことばかり考えていたから、神様が彼を連れてきてくれたのだろうか。

浮き輪に掴まって浮いている二人のところに、船から下ろされた小舟が近寄ってきた。

——助かったわ……。

船に引き上げられ、リシェルディはほっと息をついた。

溺れかけたせいか、頭がもうろうとする。

「あ、ありがとう……ございます……」

アンダードレス姿の身体を両腕で抱くリシェルディの肩に、誰かが上着をかけてくれた。

何があったのかとか、君は誰かとか、男たちの質問が次々と飛んでくる。くらくらと揺れる頭を指先で押さえた時、カイルの腕が身体を抱きとめてくれた。

「救難者名簿に名前を書きたいのですが、彼女は……？」

船の乗組員の問いに、ずぶ濡れのカイルが答えた。

「彼女は俺の妻だ。名前はリシェルディ・リーテリア。なぜ海に飛び込んだのかはわからない」

その名前を耳にした瞬間、強い違和感を覚えた。

――それは、私の名前じゃない……！

ぐらりと頭が揺れた。

脳裏に、歪《いびつ》な夢魔の声が蘇る。執拗に飲まされ続けた、異様な味の薬のことが蘇る。

この薬を飲まなければ水をやらないと脅され、そのたびに口を開けてしまったこと。

父母の死に憔悴し、高熱で苦しんでいる自分に『薬』を飲むよう強いたのは、さっきまで対峙していた、夢魔の声を持つ男だったこと。

——あの男が叔父様に手を貸して、シェイファー家の財産を処分させたんだわ……。

今まで忘れていた光景が、不意にはっきりと思い出されてきた。

あの薬を飲まされるたびに、頭が焼けるように痛くなった。

忌まわしい痛みとともに、リシェルディの記憶は次々に消えていった。

リシェルディの記憶は、まるで、立木のまま燃やされた木のように無残な姿となった。

けれど今、燃え尽きて消し炭になったはずの記憶の木の枝に、再び小さな芽が顔を出したのだ。

瑞々しい芽たちが次々に芽吹き、やがて一斉に、記憶の木の枝に満開の花が咲き始める。

——なんで忘れていたのかしら。全部私のことなのに。私の、思い出なのに……。

不思議な気持ちで、リシェルディは完全な姿を取り戻しつつある記憶を確かめる。

祖父の名前、通っていた学校の名前、幼い頃に可愛がっていた緑色の鳥の名前……忘れていた大事な思い出たちが、次々に美しい花を咲かせてゆく。

最後に、記憶の木の枝に、ひときわ大きく美しい花が咲いた。

——ああ、これは、私の本当の名前……！

リシェルディの身体から力が抜けた。

「おい、リシェルディ、しっかりしろ」

「リーテリア中尉、とりあえず作戦は継続だ。奥方は船内で休ませておくしかない。そのあと、手の空いた者がすぐに病院へ……」

カイルの腕に抱かれたまま、リシェルディは意識を失った。


おそらく、夢を見ているのだろう。

あたりには、一面のフロリアが咲き乱れていた。

ここはリーテリア侯爵家から少し離れた、公園にある花畑だ。

あたりには恋人同士や幸せそうな親子連れが多く、レオノーラとカイル姉弟を護衛する男性たちも、自分たちの会話をほのぼのとした表情で見守っている。

「ねえレオノーラ姉様、カイル、私、花祭りの乙女になったらこのドレスで行列に参加しようと思うの。どう？」

まだ幼い自分が、母に贈られた淡い水色のドレスを着て、十七歳のレオノーラと、十四歳のカイルに話しかけている。

「十五歳になったら、そのドレスはもう着られないと思うわ。だって貴方はまだ十歳だもの。これからもっと背が伸びて、身体も大きくなるでしょうから」

七つ年上の美しいレオノーラにそう言われ、しょんぼりしてうつむくと、カイルが笑いながらとりなしてくれた。

「その頃になったら、新しいドレスを作ればいいだろう」

カイルが手を伸ばし、フロリアの花冠をかぶった頭をくしゃくしゃと撫でてくれた。

レオノーラが微笑みを浮かべ、カイルが乱した髪を優しく指で梳いてくれる。

「本当に綺麗な髪の毛ね。月の光みたい。将来は、いろんな舞踏会に出て、この子が妹なのよって貴方を見せびらかしたいわ。だって私にはこんなに冷たい弟しかいないんですもの」

冗談めかして言うレオノーラに、カイルがわざといやな顔をしてみせた。だが、美しい姉弟はやがて顔を見合わせて笑い出す。実際はとても仲の良い二人なのだ。

——私は一人っ子だから、レオノーラ姉様みたいな綺麗で優しいお姉様ができたら嬉しいな……。

レオノーラの細い腕に抱きしめられてにっこり笑うと、カイルが女の子のように整った顔を不機嫌に歪めた。

「何言ってる。チビは人見知りなんだから可哀想だろう、姉さんみたいな派手好きと一緒にするな」

「違うわ。カイルが地味すぎるの。貴方だって来年社交界に出たら、いろんなご令嬢とダンスしなければいけないのよ？　きっとたくさん誘われてよ？」

「面倒だからいやだ」

「ふふっ、面倒でも、そうなると思うけど」

きょとんとしているリシェルディを抱き寄せたまま、レオノーラが囁きかける。

「ねえ、私の可愛いお姫様、花祭りの乙女になったら、カイルに集めた銅貨を贈ってくれるの？」

「ええ！」

素直に頷くと、レオノーラが嬉しそうに目を細めた。

「あら、カイルのお嫁さんになってくれるのね」

「なってあげるわ！　ねえカイル、フロリアのお花畑で私に求婚してね。かっこいい騎士様みたいに。ね？」

そうねだると、カイルがふてくされた顔のままそっぽを向いた。

「……お前みたいなチビを嫁にもらっても嬉しくない」

つっけんどんな答えだったが、まだ幼さの残るカイルの顔はほんのり赤く染まっている。

――ああ、この頃は幸せだった。カイルがどんどん素敵なお兄さんになっていって、私にもちょっとずつ優しくなってくれて……『チビ』じゃなくて、名前で呼んでくれるようになって……。私、カイルがすごく好きで、別荘に行くたびに彼に会うのが楽しみだった……。

愛らしい思い出にうっとりと目を細めた瞬間、不意に空が陰った。

空からぽつぽつと大粒の水が落ちてくる。

激しい雨音が屋根を叩き、屋敷中を重い静寂の中に包み込む。

いつの間にかフロリアの花畑と愛しい姉弟の姿は消えていた。

ここは、懐かしいシェイファー伯爵家の広間だ。

空っぽの二つの棺が、目の前にひっそりと置かれている。

「ちょっといいか」

部屋に入ってきたカイルが、ぐったりと棺の上に身を伏せたリシェルディの傍らに膝をつき、熱で火照った身体を抱き寄せてくれた。

「具合は大丈夫か？」

「ええ……」

かすれた声で返事をすると、カイルが血の気の失せた顔色で言った。

「落ち着いて聞いてくれ。また土石流が発生したらしい。災害現場で復旧作業をしていた人たちが巻き込まれた可能性がある」

その言葉に、心臓が止まりそうになる。両親である領主夫妻や罪なきたくさんの通行人の命を奪った恐ろしい災害が、再び起きたなんて。やはりこの立て続く嵐のせいで、一度崩れた地盤がひどく緩み始めているのかもしれない。

「様子を見に行くわ」

父が生きていたならば、間違いなく真っ先に駆けつけただろう。しかしカイルは、厳しい表情で首を振った。

「今の君の身体では無理だ」

「でも、私はシェイファー伯爵領の領主なのよ、様子を見に行かなくちゃ……」

嗄れ果てた声で『様子を見に行く』と繰り返すと、カイルはリシェルディの額の汗を拭い、優しい声で言ってくれた。

「その責務は、将来君の夫になる俺が、リーテリア侯爵位と兼ねて負う責務でもある。俺が代わりに行ってくるよ。男手が増えれば、救援作業の助けにもなるだろうから」

熱で潤んだ視界に、カイルの笑顔が映った。

胸がいっぱいになる。

途方に暮れて、悲しくて、恐ろしくて、暗い穴に突き落とされそうだったのに、ここにカイルがいてくれる。

カイルは親同士の内諾しか済ませていない婚約者……しかもまだ十五にもならないお子様の自分を、未来の妻として案じ、守ろうとしてくれているのだ。

「伯爵夫妻と一緒にここで待っていてくれ。俺は、お二人に認めてもらえるように力を尽くしてくる」

ついこの前まで男の子だったカイルは、もう、大人の顔になっていた。

カイルへの感謝の気持ちと安堵で、こらえても涙がぼろぼろ溢れてくる。

「カイル……ごめんなさい……」

「謝る必要はない。俺がすべきことなんだから……じゃあ、行ってくる」

カイルが雨よけの外套をかぶり、屋敷を飛び出していく。彼がリーテリア家から従えてきた侍従たちも、キビキビした動作で彼に従った。

ふらつく足で、リシェルディはカイルを見送った。空っぽになった馬小屋の扉がきぃきぃと音を立てて揺れている。

――カイル、ありがとう……危ないから無事で戻ってきて……。

カイルの誠実な愛情を噛みしめながら、ふらつく足取りで部屋に戻ろうとした時、不意に腕を引き寄せられた。首を絞められ、苦しくて口を開けた瞬間、口に謎の液体を流し込まれた。

突然の乱暴な行為に、驚きすぎて声も出せなかった。こんな風に扱われたことは今までの人生で一度もなかったのに。

怯えてすくんでしまった自分の口の中に、再び異様な味の液体が流し込まれる。

これは飲んではいけないものだ。そう思いながら、どうしようもなくて咳き込んだ途端、吐き出せないように口を塞がれてしまった。

――何これ、気持ち悪い、だめ、力が入らない……吐き出せない……。

「まだ開発途中の薬ですが、うまく効けば大人しい人形になりますよ。古代、南方諸島で生贄を大人しくさせるために使われていた植物から抽出した薬です。従順にどんな命令でも聞くようになります。忘れろと命じれば忘れ、死ねと命じれば死ぬ……姪御さんには被験体になってもらって、しばらくこの薬を投与しましょう」

知らない男の声がそう告げた。

「どうでもいい。シェイファー家の財産の処分を手伝ってもらえるなら、俺は構わない」

叔父の声に、リシェルディは驚いて顔を上げようとした。だが、何か眠り薬でも飲まされたかのように動けない。

「まあ、そのへんの手続きは私の部下がうまくお手伝いしますので。私はとにかくこの薬を早く商品化したいのです。ご令嬢への効果を確認したいので、私が去ったあともちゃんと定期的に飲ませてください」

男が、楽しげにそう告げた。叔父が追従し、含み笑いをしながら残酷な言葉を告げる。

「それにしてもリーテリア侯爵家のガキは正義感が強いな。土砂崩れが起きたと聞いたら、真っ先に救援に駆けつけていった」

「芝居上手な人間を使いましたからね、さぞ真に迫っていたでしょうよ。さ、リーテリアのお坊ちゃまが戻る前にご令嬢を連れ出しましょう。彼女には『死人』になっていただかないと」

ぐにゃぐにゃと、視界が歪んでいく。なんとか逃げよう、乳母や使用人のいるところまで逃げればなんとかなる。そう思うリシェルディの身体を縛めたまま、夢魔の声が告げた。

「ご令嬢には、新しい別人の戸籍も用意しました。最近死んだ孤児のものです。リーテリア家の捜索の手は、私たちがごまかします。貴方たちは私どもが指示した住居で暮らしてください。なあに、転居なんて、シェイファー家の莫大な財産を得るためなら、大した手間でもないでしょう？」

——やめて、やめて……。

どんどん身体が重くなり、意識が遠のいていく。息が苦しくて胸をかきむしった自分の耳元で、男が楽しげに囁いた。

「この薬を服用させたら、同じ言葉をひたすら吹き込むことです。そうすると大半の人間は思考が壊れ、従順な言いなりの人形になるはずです」

髪を鷲掴みにされ顔をしかめると、男が顔を耳に近づけてきた。生臭い息のおぞましさに身体中に震えが走る。

「見ていてください。こんな風に暗示をかけ続けるのですよ。……ご令嬢、貴方の婚約者のことですが、今はこの場にいませんよね？」

この男は何を言い出すのだろう。

異様な味の薬を吐き出したいと思いながら、霞む視界で男を睨みつける。だが、彼は肩をすくめて笑いながら続けた。

「彼は、貴方のような足手まといからは逃げたかったのでしょう。馬を駆って飛び出していきました。孤児になった貴方の存在は、婚約者殿には重すぎたのです。ですが仕方がない、彼も若いのですから……」

そんなことはない。カイルは、そんなことはしない。彼は、土石流に巻き込まれた人がいないか、衰弱して歩くのがやっとの自分の代わりに視察に出てくれたのだ。でもカイルはこの男たちに騙されている。二度目の土石流は起きていない。カイルにそのことを伝えなくては……。

いやいやと首を振る自分の口元に、先ほどの毒々しい味の液体の瓶が押しつけられた。

「こうやって何度も繰り返して刷り込むことです。人間の精神を壊す薬なんて本当に素晴らしい……ぜひ完成させたいですからね。ご令嬢はどんなお人形に仕上がるでしょうか」

――いや……！

何度も首を振るが、男の粘つく声は離れない。

「貴方の存在は、誰にとっても重荷なんです。ですから、一生一人で生きていかねばなりません。誰にも連絡をとったりしてはいけません。決して人を頼らないでくださいね、ご令嬢」

白くぼやけた視界に、薄笑いを浮かべる男の顔が映る。

頭が焼けるように痛い。

この痛みはなんなのだろう。

自分の頭でものを考えられなくなるような、異様な痛みだ。

時間の感覚がなくなってゆく。

自分が今どこにいるのか、何度薬を飲まされたのかもわからない。

——どうしよう……わからない……助けて。誰にも頼れない……婚約者は……私を捨てた……？

大切な何かが、指の間をすり抜けて消えていこうとしているのはわかる。なのに、それを捕まえることがどうしてもできない。

——私は一人、私の名前は……リシェルディ・ノーマン……違うわ……いえ、そうなのかしら？

歪められた事実が、真実として頭に刷り込まれていく。

自分は一人になってしまった。

父も母ももういなくて、『あの人』にも捨てられてしまった。自分は一人なのだ。

「貴方はもう一人ぼっちだ。誰も貴方を助けない。これからは孤独に生きるのです」

これは夢魔の声だ。頭の中が溶けていく。あまりの頭痛に無意識に髪をかきむしる。

だめだ、もう、何も考えられない。

自分のものだったはずの思考が夢魔の声で塗りつぶされ、真実が消し去られていく。

刷り込まれた言葉だけが、淡々と『事実』として積み上がってゆく。

——私は一人なの？　そうかもしれない。捨てられたの？　そうなのね。もうわからない。頭が痛い……。

夢魔の声を持つ男の、生臭い息の匂いが満足げに遠ざかっていった。

並んでいた両親の棺が、悲しみに沈む薄暗い広間が、うっすらと光の中に溶けてゆく。

そして何も見えなくなった。

暗闇の中に小さな光点がぽつんと浮かび上がる。

——眩しい……。

目を開けると、見慣れない天井が見えた。

夢を見ていたのだと思いながら、眩しさに痛む目をかすかに細めて、ぼんやりと天井の木目細工を見つめた。

ここはどこだろう。

殺風景だが清潔な印象の場所だ。

何度か瞬きをした時、不意に傍らに突っ伏している人の存在に気づいた。

つややかな黒髪に広い肩。見慣れた愛おしい男の姿に、胸が強く高鳴った。

——カイル！

思わず手を伸ばし、彼の髪に触れる。疲れ切った様子で眠っていたカイルが、触れた瞬間に飛び起きた。

「リシェルディ！」

いつも端正で冷ややかなカイルの顔に、敷布のあとがついている。本当に気を失うようにして眠っていたのだろう。

カイルが何も言わず、横たわる身体に抱きついてきた。首筋に顔を埋めると、大好きな彼の匂いがする。

「ここはどこ？」

「病院だ。君は丸一日寝たきりだったんだ。俺は大規模摘発が終わってからずっと、君に付き添っていた。疲れた……」

カイルの声には疲れが滲んでいる。申し訳ない気持ちでいっぱいになり、引き締まった背中をそっと撫でた。

――毎日遅くまで仕事をしているのに、付き添いまでさせてしまったのね……。

「ごめんなさい。ねえ、どうして海に飛び込んで助けてくれたの？　あんなところで会うと思っていなかったから、びっくりしたわ」

何を言っていいのかわからずにそう尋ねると、カイルが噛みつくような勢いで言い返してきた。

「それは俺のセリフだ！　君は屋敷で安静にしていると思って安心していたのに。なぜあんなことになったんだ。俺の贈ったドレスが海に浮いていて、なぜか君まで浮いていて……だめだ、思い出したくない。冗談抜きで心臓が止まるかと思った」

「あ、あそこには、叔父様に連れれて行かれて……売り飛ばすって言われて。逃げる先がなかったから、海に飛び込んで、近づいてくる船に助けてもらおうと思ったの」

小さな声でそう答えると、カイルの表情がますます厳しくなる。

「君は、また勝手に屋敷を飛び出したそうだな。家令に聞いた。すぐに追いかけたが君の姿は見えなかったと。わかっているのか。君がいなくなって屋敷は大騒ぎだった」

あまりの怒られように、どんどん肩身が狭くなってきた。

「ごめんなさい。私、叔父様の嘘に騙されてしまって……冷静な判断ができなかったの、それで」

「君が連れ去られた経緯は、捕まえた君の叔父上を聴取したからもう知っている。そんなことより、どうしてわかってくれない？　君が危険な目に遭ったら、俺が辛いんだ」

カイルが顔を歪めて、身体を起こした。

その表情には明白な怒りが浮いている。勝手に家を抜け出した時見せた怒りと同じ表情だ。

「リシェルディ、聞いているのか」

カイルの怒る顔を見ていたら、なんだか涙が出そうになってしまう。

――昔もよく怒られたわ。私がいたずらばっかりしていたから。

カイルは昔から生真面目で口うるさかったけれど、自分を守ってくれる勇敢で誠実な騎士様だった……。

懐かしさにかられ、何を説明するよりも先に、不意に言葉が飛び出た。

「カイルったら。貴方、昔は『お前みたいなチビを嫁にもらっても嬉しくない』って言っていたくせに。こんなに過保護な旦那様になるなんて随分な変わりようね」

口にした瞬間、カイルのことが愛しくてたまらなくなる。『リシェルディ』は寝台の上に膝立ちになって彼の首に両手を回して、彼の頭を胸に抱きしめた。

昔と違うたくましい身体だけれど、お日様のような匂いは変わらない。大好きなカイルの匂いだ。

「俺は別に過保護なわけじゃない。君が危なっかしすぎて……リシェルディ……？」

反論しかけたカイルの言葉が、信じられない言葉を聞いたというようにかき消える。

「君は、今、なんて……」

彼の頭をますます深く抱きしめ、涙をこらえようと歯をくいしばる。

カイルのことを、こうやって自分から抱きしめるのは初めてだ。

結婚してからは、いつもカイルの方から抱きしめてもらうだけだった。こんなに大好きな人に、なぜ自分からもっと寄り添おうとしなかったのだろう。

本当に愛されているか不安で、色々な言い訳を心の中で繰り返していた自分を、カイルは昔と変わらない優しさで包み込んでくれていたのだ。今なら、そのことがわかる。

「ねえカイル、今日からは昔みたいにヴィオレって呼んで」

「え……」

カイルが驚いたように小さな声を上げた。何かをうかがうように沈黙する彼の頭を抱きしめ、『ヴィオレ』は目を閉じた。

取り戻した記憶の欠片とともに、宝物のような過去が全部返ってきた。

さっきまで空っぽだった頭の中には、いきいきと懐かしい光景が息づいている。

今ならば、幼い自分がカイルと交わした夢物語のような約束も、全部はっきりと思い出すことができる。

結婚したら、フロリアの模様の入ったケーキを焼いてくれるという約束。

二人で暮らす家には、庭に大好きなフロリアの花を沢山植えてくれるという約束。

妻としてのお披露目の日には、ヴィオレの珍しい目の色と同じ、薄紫のドレスを仕立ててくれるという約束。

カイルが幼い自分にしてくれた約束を思い出すたびに、涙が溢れて止まらなくなった。

——カイルは、私のおねだりを全部叶えてくれたんだわ……『リシェルディ』だった時は気づけなかったけれど、この人は全部黙って叶えてくれた。

自分が何もかも忘れていても、彼は二人で交わした幼い約束を守ってくれたのだ。

カイルは記憶をなくしたヴィオレに何も言わなかった。ただ黙って、かつてヴィオレが無邪気にねだったすべてを差し出してくれていた。

「カイル、今までありがとう。約束どおり素敵な騎士様になって、私を迎えにきてくれたのね」

気づけば、カイルの腕が腰に回っていた。痛いくらいに抱き寄せられながら、ヴィオレは目を閉じる。

「なんなんだ、急に。ヴィオレ、君は、俺を、どれだけ……振り回せば……」

カイルが、涙で曇った声でそうつぶやく。彼のたくましい身体は、かすかに震えていた。

彼の頭を抱いたリシェルディの胸に、熱い涙のしみが広がっていく。

カイルは騎士だ。涙を流したことなど、誰にも知られたくないはずだ。彼が涙を流したことを知るのは自分だけ。自分は、この秘密を一生胸に秘めて、彼のそばにいよう。

——私はヴィオレ・シェイファー＝リーテリア。シェイファー家の女当主。そして腕の中にいるこの人は、私の愛する騎士様……。

ようやく取り戻した真実の名前と、愛しい人を抱きしめ、ヴィオレは思う。

——昔も、記憶がなかった時も、今も、私はカイルが大好き……もしまた記憶をなくしてしまっても、私、きっと、何度でもカイルのことを大好きになるわ。

言葉もなくカイルと抱き合いながら、ヴィオレはそんな思いを噛みしめた。

エピローグ　約束の花園で

ヴィオレが、叔父に攫われかけてから一週間ほどが経った。

海で溺れそうになったヴィオレは「海水が呼吸器に入ったことにより肺炎を起こす危険性がある」と言われ、念のために病院に数日入院させられていたのだ。

家に戻ってきてから日が経っていないが、ヴィオレを取り巻く周囲は目まぐるしく変化していた。

——捕まったのね。叔父様も、あの夢魔の声をした男も……。

昨今王都を不安に陥れていた大掛かりな詐欺組織が摘発された件が、連日新聞の一面を賑わせている。

ヴィオレを救出してくれた船団は、どうやら王立騎士団と国家保安庁の連合艦隊だったらしい。

あのあと船団は、気を失ったヴィオレを船内に収容し、陸側から近づいていた摘発部隊と合流して、夢魔の声を持つあの男や、『負傷』して転がっている叔父、それから彼らとともに悪事を働いていた組織の人間たちを一斉に捕縛したと聞いている。

夢魔の声を持つあの男は、詐欺組織の首魁《しゅかい》だったようだ。

男は、何人かの幹部を使って人身売買の裏商流を確立し、かつ、権力を持つ貴族の一部と手を組んで、犯罪行為をさんざん働いていたという。

その際に、怪しげな薬を投与して人の自由意志を奪って財産を騙し取ったり、弱みを握って恐喝行為を行ったりと、後ろ暗い真似を繰り返していたようだ。

詐欺組織の大規模な摘発と同時に、大金と引き換えに不正な書類に裁可を与えたり、特別な権限を用いて組織に便宜を図っていた何人かの貴族も捕縛された。

ヴィオレの戸籍を不正に書き換えることができたのも、シェイファー家の財産が巧みに処分されたのも、その貴族たちの支援があってのことだったらしい。

この事件は、エルトール王国を揺るがす大醜聞として、長く新聞の一面を賑わせ続けるだろう。

犯罪の全容を明らかにするには長い時間がかかるとも言われている。まだ捕縛できていない幹部が、何人か海外に逃亡しようと図っているとも囁かれているようだ。

事件捜査の総指揮官についた第二王子は、徹底的に調査をし、詐欺組織のすべての犯罪行為を明らかにすると国民に宣言したという。

ヴィオレは新聞を畳んで、ため息をついた。

――叔父様はなんて恐ろしい奴らに力を借りたの？　私の財産が欲しかったからって……。

どっと気が重くなったが、とりあえず気を取り直してお茶をする。

カイルが最近忙しくて、ひどい時は朝方に帰ってきたりしているのは、この組織の摘発準備のせいだったらしい。彼は今も調査内容の分析や、被害状況の確認に奔走していて、まるで新婚らしい甘い時間が取れない。

しかし、あの摘発が入ったおかげでヴィオレは命拾いしたのだ。

あのとき、カイルたちの乗った船がやってこなかったら、ヴィオレはどこかに連れ去られていたかもしれない。

一つ誇らしく思うのは、ヴィオレが閉じ込められていたあの倉庫を怪しいと突き止めたのは、カイルだということだ。

詐欺組織の拠点を探していた彼は、あの倉庫に行き当たった。前の持ち主が詐欺組織の被害者と見なされている富豪だったこと、そして、広さに対して、積み荷として港湾局に申請される荷物の量が少なすぎること。その二点の理由から、怪しいと思ったらしい。

カイルは調査を進め、長年動かされていない不審な荷物の存在や、港湾関係者以外の出入りが多すぎること、港湾局の定期点検の前に大量の荷物が船で運び出されていることなどを調べ上げたという。

そして調査の結果、過去に様々な不正な法的手続きが行われた前後に、倉庫で無許可の積み荷の移動が行われていることに気づいたのだ。

カイルは全く自分の功績を口にしないので新聞で知ったのだが、彼に惚れ直してしまいそうだ。

やはりカイルは素敵だ、と思う。彼は、自分の生まれの良さに胡座をかいているだけの男ではない。たまに彼のことを『見た目の割に中身は地味だ』なんてからかう人もいるようだが、あんなに賢くて行動力のある男性はなかなかいないと思う。惚れた贔屓目でそう思ってしまうのかもしれないけれど……。

うっとりと新聞を抱きしめた時、ノックとともに、侍女を従えた義母が入ってきた。カイルとよく似た美しい顔立ちで、漆黒の髪をきっちり結い上げた姿は、元一国の王女としての気品に溢れている。

ヴィオレは慌てて立ち上がり、義母に貴婦人の礼をした。

「またきてしまったわ。貴方とお昼をいただこうと思って、摘めるものをバスケットに詰めてもらったの」

「ありがとうございます、お義母様」

「……もう、ヴィオレと呼んでも大丈夫なのね。こうしてわたくしと会っても刺激になったりしないのね？　頭が痛くなって、苦しんで寝込んだりはしないのね？」

心配症の義母の言葉に、ヴィオレは笑顔で頷いた。

だが、義母の言うことは事実だ。もしも過去の話を何度もされたり、本当の名前を思い出すようにせがまれたり、しつこく無理やり記憶を取り戻すよう強要されていたら、ヴィオレは頭痛でのたうち回って、下手すれば苦痛と熱で力尽きていたかもしれない。

医者によれば、あの謎の頭痛は、投与された謎の薬の影響と、両親の死で大きな傷を心に負ったことが複合的に作用して起きている症状だったのではないか、ということだった。あの危険な薬については、今後調査が進められるらしい。

少なくとも記憶が戻りカイルのそばにいられる今では、ヴィオレの身にあの頭痛が起きることは、もうない。

「はい、お義母様」

義母の過保護なところは、カイルにそっくりだ。ヴィオレの言葉に、義母はほっとしたように笑みを浮かべた。

「ヴィオレ、貴方の叔母様は大分良くなってきたそうよ。私のお友達のやっている施療院で、良くなるまで療養をしてもらいます。これからのことは、彼女の身体が癒えたら考えましょう」

どうやら義母は、叔母の容態を教えにきてくれたようだ。

叔父とあの男に、長い間臨床実験の被験体にされていた叔母は、往時の半分ほどの思考力しか保っていないという。

ヴィオレの脳裏に、父の言葉がよぎった。『妹は、あの男に嫁ぐまではつらつとした優しい娘だった』とぼやいていた表情も。

椅子に座り込み、土気色の顔で愚痴だけを言い続けていた叔母。突然我を取り戻したように、金切り声で叔父に突っかかっていった叔母。あれは……薬の切れ目に必死に叔父に抵抗していた姿だったのだ。そのことを思うとやるせない気持ちになる。

同時に思い出す。いつも叔母に、汚い格好をさせられていたことを。せめてものお洒落にと髪を整えれば、わざとボサボサにされたことも。

ヴィオレは、あれは叔母のいじめだと思っていた。しかし今思えば、叔母は叔父の好色の目から、姪であるヴィオレを守ってくれようとしていたのかもしれない。

──思えば、カイルとこうして暮らせているのも、彼が慎重に行動してくれたからよね。いきなり『ヴィオレ、生きていたのか！』なんて言われていたら、私はびっくりして、リーテリアのお屋敷から逃げ出していたに違いないもの……。

改めて、ヴィオレは内心で安堵のため息をついた。

カイルは、屋敷で働いているヴィオレの姿を初めて見かけた時『死んだはずの婚約者に生き写しの少女がいる』と驚き、秘密裏にヴィオレの身上調査をしたらしいのだ。

何しろあの頃のヴィオレは、『リシェルディ・ノーマン』と名乗り、侯爵夫妻にもカイルにも一切なんの接触も図ろうとしていなかった。そのうえカイルに話しかけられても、胡乱な目で彼を見ていやがるばかりで、親しげな態度など一度も取らなかった。

死んだはずのヴィオレに生き写しの少女が、他人としか思えない言動を取り続ける様子を見て、冷静なカイルは、まず事情を調べてみようと考えたのだろう。

手の甲にある火傷の痕を確認してからは、『下働きの少女』はおそらくヴィオレ本人に間違いないと思ってはいたらしいのだが。

そんなわけで、カイルは『リシェルディ・ノーマン』の戸籍を詳細に調べ、ヴィオレの戸籍が書き換えられていることに気づいたという。

カイルが叔父の家に調査官を派遣した時、すでに叔父は家には住んでいなかったらしい。叔母は一人で、面倒見のいい近所の老婦人が取りまとめてくれた刺繍の注文をこなし、その収入でなんとか暮らしていたそうだ。

薬の影響でまともにしゃべれず、刺繍の技術くらいしか稼ぐ手立てのなかった叔母は貧困を極めていたようだが、カイルの使者の質問に、ぎこちなく答えてくれたという。

『姪の本名は、ヴィオレ・シェイファーです。夫が悪い人にお金をたくさん払って、彼らの力を借りて、ヴィオレの戸籍を書き換えました。あの子は薬のせいで記憶がなく、思い出させようとすると死ぬほど苦しみます』

聴取の時、叔母は何度も何度も同じ話をしていたらしい。

『お兄様とお義姉様が夢に出てきて言うのです。ヴィオレに名前を返してやってくれって。ねえ、貴方、私の姪のヴィオレに名前を返してあげてくださる？』と。

――叔母様……。

叔父の犠牲となった叔母のことを思うと、胸が痛む。ヴィオレの両親もヴィオレも、彼女のことを『男に騙され、道を誤った人間』だと決めつけ、彼女がどんな状況にいるのか深く考えなかった。叔父の悪辣さを甘く見ていたのだ。これからは叔母の支援をして、少しでも償いたいと思う。

しかし、叔母のおかげで、カイルはヴィオレですら知らなかった、記憶喪失の原因を知った。

ヴィオレの身体が抱えている問題を理解し、『リシェルディ』と名乗り続けるヴィオレに、話を合わせ続けてくれたのだ。

きっと焦れったく、もどかしい日々だったろうに……。

かりそめの結婚も、囁かれた遠回しの愛の言葉も、爆弾を抱えているヴィオレを刺激しないために考えてくれたものなのだろう。

それから、義父母やレオノーラ、旧知の使用人たちに『しばらくヴィオレに接触しないでほしい』と説明してくれたのもカイルだ。

カイルはずっと、ヴィオレのそばでひとりぼっちだったのだ。

ヴィオレをあんな目に遭わせた叔父と、叔父に手を貸した詐欺組織を追うために騎士団からの異動を志願し、日々哨戒や組織調査に参加しつつ、ヴィオレの前ではひたすら『かりそめの夫』として振る舞ってくれた。

『好きになって、何が悪い……？』

あの夜告げられたカイルの言葉を思い出すと、涙が出そうになる。

記憶を取り戻そうとすると激しい頭痛で苦しむヴィオレに対して言える言葉なんて、彼にはほとんどなかったはずだ。

彼の気持ちがわからないとヴィオレが勝手な悩みを抱いている間、彼はずっと、二人分の過去を抱えて一人で耐えていた。

幸せだった頃の思い出を完全に忘れ、他人のような顔をしている婚約者と一緒に過ごす間、カイルはどれくらい孤独だったのだろう。そう思うと申し訳なくて胸が痛い。

——私、カイルにいっぱいお返ししなくっちゃ……あの人からは、もらったものが多すぎるわ。

沈み込みそうになったヴィオレは、義母の前であることを思い出し、慌てて背筋を正した。カイルとのことは、彼が夜帰ってきてから話し合えばいい。

「でも良かったわ。本当に、カイルが亡くなったはずの貴方を見つけたと言い出した時は、何が起きたのかと思いました。でも選考会の日、レオノーラのドレスを着た貴方は本当にヴィオレ以外の誰でもなくて……毎日そばにいたのに、ずっと気づかずにいてごめんなさいね。本当にごめんなさい」

よほど衝撃的な出来事だったのだろう。義母はヴィオレの顔を見るたびにこの話を繰り返す。

「無理もありません。私、人目につかないようにじっとして暮らしていましたから……それに私は、自分の名前はリシェルディ・ノーマンなのだと信じ切って、誰に対してもそう名乗っていたのです。他人の空似として扱われて当然です」

その答えに義母が微笑み、しみじみとヴィオレを見つめて穏やかな声で言った。

「貴方がいなくなった時、本当に捜したのですよ。死亡届が出されていたと聞いて、貴方や亡くなられた伯爵夫妻に申し訳ないとどれほど思ったことか……カイルもあのときは食事もできなくなって、痩せ細ってしまって、ずっと自分を責めていました。あの子のあんな姿を見るのもわたくしは本当に辛かった。貴方たちの母として、あの組織を許すことはできないわ。他にも被害にあった人はたくさんいたのでしょう？　あんな悲しい思いをこの国中に撒き散らしてきたのですから、決して許すことはできません。ああ、そうそう、朗報があるの。私の母国のマニリガが、組織の関係者が逃亡してきても受け入れず、国際的な罪人としてエルトールに引き渡すという声明を出してくれました」

マニリガ王妹である義母の言葉に、ヴィオレは目を見開く。おそらくそれは、義母が兄であるマニリガ国王に働きかけてくれたおかげで実現したことなのだろう。

「夫も、決して彼らの残党を取り逃がさないと言っています。あの人は国家保安庁の長官さんとは仲が良いですからね。残党刈りのために、優秀な部下を何人か保安庁に出向させてくれるそうです。第二王子殿下とレオノーラも同様よ。悲劇の種を撒き散らす災厄は刈り取ると私に約束して、声明を出してくれました。ヴィオレ、苦しい思いをしてきた貴方や、大切な娘を傷つけられた伯爵夫妻への償いにはならないと思うけれど、許してね」

「お義母様……いいえ、ありがとうございます」

笑顔で首を振りながら、ヴィオレは内心で舌を巻く。

おそらくは義母は組織への制裁を考えた時に、誰よりも早く、まず娘夫婦と夫、それから兄を動かしたのだ。単独で動かれるよりも、足並みを揃えて動いた方が効率的に摘発を進められると考えたに違いない。義母は重要人物である彼らを協力関係に置くように誘導し、今も『適切な助言』を与えているのだろう。

決して夫の前に出ない、温厚で穏やかな貴婦人と言われている義母の持つ、底知れぬ気迫に圧倒される。国家の要衝たるリーテリア侯爵の妻になるというのは、これほどの才覚を要求されることなのだ、と、改めて背筋が伸びる思いがする。

「ねえヴィオレ、カイルはお人好しだから、貴方がしっかり助けてあげてね。貴方は小さい頃からお利口だったから頼りにしているの。本当に……貴方がここに戻ってきてくれてよかったわ」

淑やかな義母の目が湛えた迫力ある光に、リシェルディはゴクリと息を呑む。

――うっ、お、お義母様の期待が重いわ……でも、がんばらなくちゃ。私、カイルの役に立ちたいもの。

そう思いながら、ヴィオレはたおやかな義母に微笑み返す。

「亡くなられたシーダ様の代わりに、わたくしを母と思ってちょうだい。厳しいことも言うかもしれませんが、貴方を必ずリーテリア家の妻としてふさわしい女性に育ててみせます」

義母がそう言ってくれた言葉は、本心だろうと思えた。幼い頃からやんちゃなヴィオレを、彼女がとても可愛がってくれたことを思い出し、そして、その過去を思い出せることに感謝しながら、ヴィオレは義母の華奢な手を取った。

「ありがとうございます、がんばります。お義母様」

そのとき、侍従頭が一通の手紙を携えて、ヴィオレの元へやってきた。

「若奥様、このような会社からお手紙が……」

封筒の裏書きには、ヴィオレでも知っている高名な化粧品会社の名前が書いてある。新製品目録ならわかるけれど、なぜ手紙が届くのだろう。ヴィオレは不思議に思い、義母に断って封筒を開けた。そして中身を見て、目を丸くした。

化粧品会社からの手紙の内容は『弊社のお得意様数名から、貴殿がレオノーラ妃殿下や貴族のご夫人がたにお贈りになった香水に関する問い合わせが殺到しております。我が社での製品化を検討させていただきたいので、一度お話を伺わせていただけないでしょうか』

というものだった。

ヴィオレは目を丸くする。

――まさか、レオノーラ様が私がお贈りした香水を使ってくださったから、みんなも欲しがって探しているってこと？

そう思いつつ、かいつまんで手紙の内容と経緯を説明すると、義母が笑った。

「まあ。レオノーラは目立つでしょう？　あの子の身に着けるものは皆が欲しがりますから」

たしかに義母の言うとおりだ。宴席に呼ばれた女性たちが皆、レオノーラを真似ていたことを思い出し、ヴィオレは胸が騒ぐのを感じた。

――も、もしかして、これって、お仕事になるんじゃないかしら？

一人で放り出された貴族の娘がどんな苦汁を舐めるかは理解したつもりだ。

たとえカイルの妻に収まったとはいえ、何かあった時のためにも自力で稼げるようになっていたい。

「わたくしのお友達には、自分の名前を冠した化粧水や小物を企画して、会社と共同で出している人もおりますよ。貴婦人愛用の品ということで人気が出ることも多いですし、楽しいかもしれないわ」

義母が肯定的な言葉を口にするということは、リーテリア家の収入の足しになるのであれば、そのようなことをしても構わないということだろう。

リーテリア家は国でも指折りの大富豪ではあるが、広大な領地を持ち、マニリガとの国境警備という重責も担っている分、何かあれば負担が莫大なものになる立場にある。

思えば、そもそもヴィオレがカイルの婚約者に選ばれた理由も、亡き父が裕福な事業家だったというのが大きな理由の一つだった。

もちろん一番の理由は、ヴィオレとカイルが物心ついた頃から仲が良く、引き離すのが忍びなかったからだと義母は言っていたけれど。

――そうね。私もがんばれば、カイルの助けになれるかもしれないわ。だからこそ、お父様のよう……とまではいかなくても、何か事業を手がけたい。

ヴィオレは微笑みを浮かべて、義母に言った。

「そうなんですね。私、こちらの会社の方に、詳しくお話を聞いてみます」

「ええ。そうしてご覧なさい。ところでレオノーラに貴方が記憶を取り戻したことを話したら、安心して泣いていましたよ。近いうちに会いに行ってあげてちょうだいね」

顔見せの席で、記憶のないヴィオレを見つめて微笑んでいたレオノーラの表情が思い出される。

レオノーラは姉同然にヴィオレを可愛がってくれた人だ。死んだことにされてしまって、挙句に記憶喪失になるなんて、優しいレオノーラにどれほど心配をかけたことだろう。

胸がいっぱいになり、ヴィオレは義母の言葉に頷いた。

「はい。お時間がいただけたら、すぐにレオノーラ姉様にご挨拶に上がります」


その夜、ヴィオレは鏡の前で髪をとかしながら考え事にふけっていた。

カイルも今日ようやく仕事が落ち着き、早い時間に帰ってこられそうだという。

ヴィオレとしての記憶を取り戻してから、彼と二人で夜を過ごすのは初めてだ。

——い、今まで、なんでカイルのことを様づけで呼んだりしていたのかしら……私ったら、変よね……でも、本当に知らない人だと思っていたんだもの……なんで忘れていたのかしら。一度思い出せると、本当に変な感じがするわ。

なんとなく落ち着かないと思いつつ、ヴィオレは鏡を覗き込んだ。入浴を済ませたので化粧気はないが、おかしなところはないと思う。しかし、カイルに会うだけなのになぜこんなに緊張するのだろう。

——お手紙の件はいつ連絡いただけるかしら。お仕事になるといいな……。

香水売りの青年の名刺を眺めながら、ヴィオレはため息をつく。

彼もなんだかお金に困っていたようだし、お互いにとって良い未来につながればいいのだけれど。そう思った時、扉が開いてカイルが入ってきた。

「ただいま」

ヴィオレは名刺を鏡台の上に置き、慌てて彼に駆け寄った。

「おかえりなさい」

「ヴィオレ」

真顔で名前を呼ばれ、ヴィオレは首を傾げた。

「なあに？」

「……いや、『私はヴィオレじゃありません！』なんて、また言い出さないか心配だっただけだ」

カイルがそう言って、ヴィオレの頬に口づけた。その瞬間、ヴィオレの心臓が跳ね上がる。同時に彼の黒い目で見つめられた瞬間、今までカイルと過ごした思い出が、おもちゃ箱をひっくり返すような勢いで溢れ出した。

カイルに『すごい』と言われたい一心でリーテリア家の庭の木に登って落ちてしまい、びっくりして気を失って、お屋敷中を大騒ぎさせてしまった七歳の頃のこと。

母に初めて足首まであるドレスを作ってもらって、カイルに披露しようとして、彼の目の前で裾を踏んで転んで大泣きした八歳の頃のこと。

ケーキが作れるようになったと自慢しようとして、手の甲に火傷を作ったのは九歳の時。

そして、母やレオノーラの真似をしてお化粧をし、カイルに大笑いされたのは十歳の頃だっただろうか。

すべて、カイルに『ヴィオレはすごいな』と言われたくてやったことなのだが……思い出すだけで、恥ずかしくて変な声が出そうになる。

──わ……私ったら……昔からろくなことしてないわ……！　全然気品ある奥様って柄じゃないかも……！

真っ赤になって頰を押さえたヴィオレを見つめ、カイルが目を丸くする。

「どうした、急に」

「あ、う、ううん、どうしてカイルは私と結婚してくれたのかなって思って、だって私、とてもおてんばだったじゃない？　不思議に思って。そ、それだけ……」

「な、何を……突然……」

あっけにとられた表情のカイルが、まるでヴィオレに釣られたように真っ赤になる。彼のこんな赤い顔など初めて見た。

「り、理由なんて、そんなことを、いちいち言う必要があるのか？」

首まで真っ赤になったカイルに、ヴィオレは唖然としてしまった。

沈着冷静なカイルの、こんな顔を見るのは初めてだ。

「だ、だって……カイルは落ち着いているから……私みたいなバタバタした女の子じゃない方が合うのかなって……思ってしまって……」

気恥ずかしくなり、ヴィオレはそそくさとカイルから離れ、寝台に腰を下ろす。

カイルが大股で歩いてきて、ヴィオレの隣に座った。

「いや、俺は、君のそういうところが好きなんだ」

目を丸くしたヴィオレに、カイルは続けた。

「快活で可愛いから……好きだ。君は昔から可愛い。今も、俺にとっては世界一可愛い。他の男も同じように思うだろうから癪だけどな」

カイルがそう言って、赤い顔のまま噛みつくように唇を重ねてくる。力強く抱き寄せられた身体に、カイルの鼓動が伝わってきた。

「王都に戻ってきて、うちの屋敷で働く君を見かけた時、俺はとうとう頭がおかしくなったのかと思った。君のことばかり考えすぎて幻が見えたのかって……。俺はずっと、現実を受け入れられずに生きていたんだ。あんなに明るくて可愛い君が、財産目当ての親戚に無理やり連れ去られて、怖い思いをしながら亡くなったなんて考えたくなかった」

突然の述懐に、ヴィオレは目を見張る。カイルは、ヴィオレの手を大きな手で握りしめながら続けた。

「君が生きていてくれてよかった。だから俺はもう何もいらない。君がいればいい。もう俺の一生分の夢は全部叶った。あの日君を一人にしてしまった自分を、ようやく許せる気がする」

カイルの端正な顔を見つめて、ヴィオレはしみじみと思った。

——私は、三歳でカイルと出会ってから、カイル以外の男の人を好きになったことがないんだわ……。

改めて、幸せだと思う。一番好きな人が自分を好きでいてくれて、こんな幸せな人生があるだろうか。

「……私のこと、見つけてくれてありがとう」

ヴィオレは、小さな声でそうつぶやいた。

『リシェルディ』がカイルのことをあんなに好きにならなければ、自分は彼のことを忘れたままだったかもしれない。

そう思うと、彼が変わらずに向けてくれた愛情がとても尊いものに思える。

「お父様とお母様のお葬式の時も、きてくれて嬉しかった。嵐だったのに。それに、何も覚えてない私をお嫁さんにしてくれたのも、ほんとは、ずっと、嬉しかっ……」

最後まで言えず、涙で言葉が続かなくなる。ヴィオレの頬に落ちた涙をカイルの唇がすくい取った。

——これからは、私も貴方を守りたい……貴方にもらったものを返したい。

ヴィオレは身体を震わせ、カイルにしがみついて泣きじゃくった。もう一人ではないのだ。これからは、カイルと二人で生きていく。

二人は吸い寄せられるように唇を重ね合い、そのままカイルの身体に巻き込まれるように柔らかな寝台に倒れ込んだ。性急な手つきで、カイルがヴィオレの薄い寝間着を剥ぎ取った。

「カイルも脱いで」

戸惑いながらそうねだると、カイルが無言で服を脱ぎ捨て、再び覆いかぶさってきた。

熱を帯びた指先が、むき出しの乳嘴に軽く触れた。それだけで身体がびくりと震えてしまう。

弾くようにそっと触れられるたびに下腹部にじわりと熱が生まれて、ヴィオレは思わず脚を閉じようとした。

「カ、カイル……」

「前にも言ったが、そんな声で煽られたら……めちゃくちゃにしたくなる」

「……っ！」

突然強く胸を吸われ、ヴィオレは声を呑み込んだ。舌先で硬くなった蕾を転がされ、喘ぎ声をこらえて身を捩る。

「あ、あ……っ……」

緩急をつけてそこを嬲られると、脚の間に耐えがたい掻痒感が走る。ヴィオレは息を乱してカイルの大きな身体を押しのけようとした。

「いや、くすぐったいの」

「君は本当に……身体中綺麗だな、ここなんか、桃色の花が咲いてるみたいだ」

ヴィオレの抵抗に一度は唇を離したカイルが、再び薔薇のように色づいた蕾に吸いつく。

広い肩に指をかけ、ヴィオレはいやいやと首を振る。いつもはひんやりしている肌が熱を帯び、身体中が敏感になってゆく。

「だ……め……」

「君の身体が、温かくなってきた」

カイルがうっとりした声音でつぶやき、閉じようとしているヴィオレの腿に手をかけた。

脚を大きく開かされた時、銀色の柔らかな毛に覆われた花弁がひくりと動いた。まるで、これからされることを待ちわびているかのようだ。

恥ずかしくなり、ヴィオレはぎゅっと目を閉じた。

立ち上がった茂みの中の小さな粒に、カイルの指が焦らすように触れる。

「ああっ」

そのかすかな刺激だけで、ヴィオレの腰はびくんと跳ねた。目を潤ませたヴィオレの反応に満足したのか、カイルが小さく喉を鳴らす。

「濡れてきた……君は身体も素直だな」

「っ、カイル……っ」

鳥の雛を撫でるような、触れるか触れないかの愛撫に、熱を帯びた花びらが蜜を滲ませ始めた。

反応が変わってきたことが嬉しかったのか、カイルが笑みを浮かべてヴィオレの顔を覗き込んだ。

「今日は、座ってしよう」

起き上がったカイルの膝の上に軽々と抱き上げられ、ヴィオレは、驚いて声を上げた。

「えっ……？」

向かい合ってヴィオレを膝に跨がらせた格好になり、カイルが低い声で続けた。

「これを挿れさせてくれないか、君の手で」

カイルがヴィオレの小さな手を引き、反り返るくらいに硬く勃ち上がったものに触れさせた。

「で、でも……」

「触ってくれ」

そう囁かれ、耳を軽く噛まれただけで身体中が熱くなる。

——さ、触るなんて……いいのかしら……。

しかし、意外なことをねだられて、カイルへの愛おしさが増したのは事実だ。

力強く脈打つたくましい肉茎に、ヴィオレは震える手を添えた。

「そう。そうやって……俺を君の中に……」

カイルの声に誘われるように、ヴィオレは恐る恐る腰を上げ、濡れた花唇にその先端をあてがった。まるで彼を呑み込もうとするかのように、小さな裂け目がずくんと疼く。

ヴィオレは片方の手で彼の肩に掴まったまま、彼の茎に手を添え、ゆっくりと身体を沈めた。

自分でも恥ずかしくなるような湿った音が耳に届く。柔らかな襞を硬い杭で押し広げられる快感に、蜜路から雫が溢れ出す。

「もう、こんなに濡れてるのか」

ヴィオレの腰を抱きしめたまま、カイルが焦らすように耳元で言う。

「や、だ……言わない……で……」

硬いものを呑み込んだまま、ヴィオレはカイルの胸にすがりついた。

彼のものが膣内でひくりと脈打つたびに、抑えがたい快楽が身体に伝わり、切ないほどに繋がっている部分が疼き出す。

「次は、動いてみてくれないか」

「あ、あ……」

身体の疼きが止まらない。ヴィオレは、カイルの首に手を回したまま、不器用に身体を上下させた。

くちゅくちゅと粘膜の擦られる音が聞こえる。その音がまるで自分の欲望のあかしのようで、いたたまれない気持ちになる。

「ん……う……」

羞恥に肌を染め、ヴィオレは懸命に身体を動かした。柔らかな音がますます響き、ヴィオレは夢中で昂る肉茎を食んだ。

「もう少し脚を開いた方が、君のいい場所に当たるんじゃないか」

カイルのからかうような言葉も、咎めている余裕がない。ヴィオレはカイルにされるがままに脚を開かされながら、ぎこちない動きを繰り返した。

硬く尖った乳嘴がカイルのなめらかな胸を擦り、新たな刺激が官能を燠火のように燃え立たせる。

「やっ、ああ……っ」

肌が触れ合う刺激すらも耐えがたく、逃れようと身を捩った。しかし、どれほど抗ってみせても、たちまちたくましい腕に引き戻されてしまう。

「まだだ、ヴィオレ。もっと俺を責め立ててほしい。その可愛い声を俺に聞かせてくれ」

逃れられない快楽にとらわれて、ヴィオレは必死にカイルの腕の中で、上下に身体を弾ませた。

「あ、あ……カイル……」

息を乱し、蜜を溢れさせながら、ヴィオレは唇を噛む。

本能は貪欲に彼を貪ろうとしているのに、身体が言うことを聞かない。あまりに気持ちが良くて、力が入らない。

「ごめんなさい、もう、動け……ああっ」

言いかけた瞬間、奥深くまで受け入れた肉杭が、ぐいと身体を押し上げた。

閉じ合わされた襞が、カイルの身体で容赦なく開かれる。

「あっ、ああ……っ、そこ、深い……ッ……」

突然襲いかかる強い刺激に耐えかねて、ヴィオレは喘ぐような声を漏らしてしまった。

痺れるような快感が脳天まで突き抜ける。

カイルにすがりつきながら無意識に腰を揺らすと、彼の指が汗ばんだ尻をぐいと掴んだ。

「すごい音だな、気持ちいいのか？」

カイルの声に滲む愉悦が、ヴィオレの羞恥心を激しくかき立てる。

「だ、だめ、そんなこと……言っちゃ……いや……」

口先では抵抗しながら、ヴィオレは抑えがたい情欲に突き動かされ、力の入らぬ身体を再び揺すり始めた。

淫らな水音が、ヴィオレの唇からこぼれるかすかな嬌声に絡みつく。

「んっ……お願い、もっと突いて……」

ぐちゅぐちゅと音を立てながらカイルのものを咀嚼するたび、目から勝手に涙がこぼれ

た。

「あああ……ッ」

快感を拾おうと懸命に身体を上下に揺らしていたヴィオレは、不意に腰を抱きしめられて動きを止めた。

カイルが再び、ヴィオレの蜜洞の奥を強く突き上げる。まるで形を刻み込むように襞を押し開き、ぐりぐりと奥まで入り込んでくる。

「だ、だめ……こんなの、いっちゃう、から、だめ……」

鉄のような灼熱に貫かれて、濡れそぼった花襞がびくびくと収縮した。

「ヴィオレ……君の一番奥に出したい、出していいか」

耳に響くカイルの声にすら、鋭敏になったヴィオレの身体は反応してしまう。

「っ、ああ、あ……ッ……」

揺れる乳房を押しつけてカイルに抱きつくと、ヴィオレの柔らかな臀部《でんぶ》を掴む指に、不意に力がこもった。

秘裂が強引に開かれ、カイルの剛直をより深く呑み込まされる。カイルの両腕が、改めて、閉じ込めるようにヴィオレを抱きすくめた。

「ふぁ……っ、やあ……っ」

「なんて身体だ……柔らかくて甘くて……君を誰にも触れさせたくない、ヴィオレ……」

カイルのため息とともに、身体を穿つ塊が、お腹の奥で熱く弾けた。吐き出された熱液は受け止めきれぬほどの量で、身体の中から溢れ出してしまう。

「ひ、あ……熱い……」

滴るほどに情欲を注ぎ込まれた蜜路が震える。余韻を味わうように肉杭が行き来するたびに、ひくん、ひくんと粘膜が痙攣する。

陶酔の極みを味わわされ、崩れ落ちそうになるヴィオレの身体を、カイルは繋がり合ったままそっと寝台に押し倒した。

情交の余韻に目を閉ざしかけていたヴィオレは、汗ばんだ身体に再び組み敷かれて、驚いて目を開けた。

「カイル……？」

問いかけた唇が、情欲に濡れた口づけで塞がれる。舌に舌が絡みついた瞬間、身体の中に収まったままのカイル自身が再び力を取り戻すのを感じた。

「申し訳ないが、今日はまだ寝かせない。ヴィオレ、君をもう一度抱きたい」

ゆるゆると律動を始めたカイルの硬さを感じた途端、ヴィオレの身体の奥にねっとりとした炎が灯る。

——もう、だめ、こんなにされたら……。

そう思いつつも、カイルの与えてくれる快楽には逆らえない。

ヴィオレは、汗に濡れた広い背中にすがりつき、小さな声でつぶやく。

「ねえ……私、おかしくなってしまうわ」

「本当に？　こんなに締めつけて、喜んでいるくせに？」

カイルが小さく笑い、更に勢いをましてヴィオレの身体を穿つ。

焼けるような肉杭を受け止めながら、ヴィオレは潤んだ目で、愛情と欲望を等分に浮かべた愛しい夫の顔を見つめた。

ゆっくりと抜き差しを繰り返されるたびに腰が揺れ、抑えきれない声が漏れる。

男と女の身体がつがい合う、淫らな水音が大きくなる。

ヴィオレの中が巧みに緩急つけて擦り上げられるたび、ぬるい蜜が滴り落ちる。身体中がカイルの肌で溶かされてしまいそうだ。

繰り返し穿たれる熱塊をより深く受け入れようと、ヴィオレは柔らかな下生えをカイルの剛直の根元に不器用に擦りつけた。

「……教えたはずだ。君にそんな風にされたら、俺は煽られるって」

激しく息をついたカイルが、再びゆっくりと抽送を再開する。くちゅくちゅと音を立ててカイルの身体を貪りながら、ヴィオレは思わず夫を呼んだ。

「あ、ああっ、カイル……っ」

「君を、もっと、余すところなく全部味わいたい」

ひときわ大きな音を立て、カイルの肉杭が、熱を帯びた襞路を行き来する。

朝まで離さぬとばかりに抱きしめられ、繰り返し深いところを穿たれて、ヴィオレは猫のようなか細い声を上げてカイルの背中にすがりついた。

「や……ほんとに……私、変に、なっちゃ……っ……」

言いかけた言葉は、カイルの唇に塞がれて途切れてしまった。

——きっと私、今夜は、カイルに全部食べ尽くされてしまうんだわ……。

まだこの夜は終わらないのだ。

貪るような濃密な口づけが、ヴィオレの自由を奪う。舌を絡め合いながら、ヴィオレはカイルの引き締まった腰に両脚を絡めた。

——ああ、好き……大好き……カイル……。

幸福と陶酔に呑まれ、ヴィオレの思考は甘い闇に溶けていった。


とうとう、花祭りの日がきた。日の出ている時間が長いこの時期は、エルトール王国の自然が最も美しい季節でもある。

カイルが植えたフロリアの花も、ほぼ満開の素晴らしい見頃になっていた。

「ねえカイル、素敵ね。昔よく行った公園の花畑みたい」

フロリアの花を眺めながら、ヴィオレはカイルを振り返った。

「気に入ってくれたのか。がんばってたくさん植えたかいがあったな」

カイルが冗談めかした口調で言う。その表情の柔らかさに、ヴィオレは心が温かくなるのを感じた。

――あれを見せたら、カイルはびっくりするかしら。

化粧品会社から届いた書類を思い出し、ヴィオレは内心でくすくすと笑う。

この一月ほどで、ヴィオレはすっかりエルトール王国の有名人になってしまったのだ。

『悲劇のヴィオレ・シェイファー嬢、運命の恋を実らせる』

大衆娯楽を得意とする新聞の一面にヴィオレの名前が一斉に踊った。

リーテリア家の厚意と助力により、叔父が勝手に取りつぶしの手続きをしたシェイファー家の復権が成立したのだ。そのおかげで、ヴィオレは領地に代理人を立て、夫のカイルと共同で領地を治めていけることになった。将来はヴィオレの産んだ子が、シェイファー伯爵位を継承することになる。復権に伴う責任は重いが、亡くなった両親はこれで喜んでくれているだろう。

だが、その手続きによって、死んだはずのヴィオレが生きていたことまで、あっという間に世間に知れ渡ってしまった。

シェイファー伯爵夫妻の悲劇的な最期、両親の庇護を失い儚く世を去った令嬢の哀れな運命、しかしその令嬢は、騎士である婚約者に救われていたこと……すべて、耳目を集めずにはいられない話題である。大衆娯楽紙は、こぞってシェイファー家の新しい女当主の物語を書き立てた。

『リーテリア侯の子息と結ばれた使用人の女性は、実は、詐欺組織の犯罪に巻き込まれ、死んだことにされていたシェイファー伯爵令嬢だった。二人はかつて交わしていた婚約を実らせ、晴れて夫婦となっていたのだ』

『月の妖精のように美しい令嬢が、悪逆の手から救われ、すべてを取り戻す』

この奇跡のような話題は、人々を熱狂させた。

ヴィオレが目立つことをいやがるカイルは怒っていたが、そのちょっとした事件が、リシェルディに大きな好機を運んできてくれたのだ。

化粧品会社は、ヴィオレにこう提案してきた。

『レオノーラ妃や貴婦人がたに贈られた香水を、貴方の《ヴィオレ》というお名前で発売させていただけないでしょうか。まず、香水の発案者への報酬として百万クランをお支払いします。それから、名前の利用料として、売上の二割を継続してお支払いいたします。貴方にご紹介いただいた香水の開発者様からは、香水の商品化企画を進めてよいというお返事をいただいております。ご検討いただけますでしょうか？』

その手紙を見た時、ヴィオレの胸が踊った。亡くなった父のように、自分もいつか事業を起こしたいという夢が近づいた気がしたからだ。

まだ化粧品会社に返事は書いていない。周囲に相談してから対応しようと思っているのだが、できるならばこの話を受諾したい。

文字どおり身一つで持参金もなく嫁いできたけれど、うまく行けば、カイルの役に立てる奥方になれるかもしれない。ヴィオレの胸は、明るい未来を夢見て高鳴りっぱなしだった。

「ヴィオレ」

名前を呼ばれ、ヴィオレは振り返った。咲き乱れるフロリアの花を背にしたカイルも素敵だなと思いながら微笑みかけると、彼はヴィオレの前に静かに膝をついた。

驚いて立ちすくむヴィオレの手を優雅に引き寄せ、カイルが真剣な目で言う。

「今日で結婚の契約期間は終わりだ。君に改めて求婚してもいいか」

ヴィオレの脳裏に、幼い頃の約束がふと蘇った。

『ねえカイル、フロリアのお花畑で私に求婚してね。かっこいい騎士様みたいに。ね？』

カイルは、幼かったヴィオレの無邪気なお願いも、全部覚えてくれているのだ。そのことに改めて気づかされ、ヴィオレは言葉を失う。

「ヴィオレ・シェイファー、俺は君を愛している。君は今も昔も、俺の人生に差し込む春の光のような人であり、かけがえのない俺の宝だ。これからも色々な苦労をかけると思うが、どうか俺の妻となり、ともに人生を歩いてほしい」

くっきりとした漆黒の瞳が、ヴィオレをじっと見つめている。

視界が滲み、頬を熱い雫が滑り落ちた。

ヴィオレも同じ気持ちで、彼を想っている。すべてを取り戻せたのは彼のおかげだ。生涯をかけて、その愛と同じだけのものを返したい。

「わかりました。何があっても、貴方と一緒にいるわ。これから先、ずっと、一生」

その答えを聞いたカイルが、真っ白なフロリアの花を背に笑みを浮かべる。どれほど見慣れてもなお、引き込まれそうなほどに魅力的な笑顔だ。

手の甲の火傷の痕に口づけをし、彼は優しい声で言った。

「そうか、よかった……それは嬉しいな」

手をぐいと引かれ、ヴィオレはカイルの胸に倒れ込んだ。たくましい胸に抱かれた瞬間、初めて求婚された冬の夜のことを思い出す。

真っ白な雪の中、凍える心で受けた求婚の言葉。

あのときと同じ言葉を、今は白く輝くフロリアの花畑で、幸せいっぱいに受け止めている。

まるで世界中に祝福されているようだ。そう思いながら、ヴィオレは口を開いた。

「私、十五の時に花祭りの乙女になって、貴方に銅貨の袋を贈りたかった。あれを受け取った男の子は幸せになれるっていうから」

ヴィオレの言葉に、カイルが笑いながら首を振る。

「ありがとう。だが、君が俺のことを思い出してくれただけで充分だ。君を取り返せた時に、俺は未来も幸福も全部もらった」

こみ上げる色々な思いとともに、甘く透き通るフロリアの香りがヴィオレを包み込む。

カイルはきっと、ヴィオレの記憶が蘇ることを祈って、このフロリアの花を植えてくれたのだろう。『フロリアのお花畑で求婚してね』という幼い願いをいつか叶える日が来るようにと、ずっと願い続けてくれたのだろう。

「カイルのおかげよ。カイルに再会できなかったら、私は何も思い出せないままだったと思う。私は一生貴方だけを愛するわ」

ヴィオレは目を閉じて、そう誓う。

花の香りを含んだ風が、ヴィオレの髪の一房を撫で、優しく揺らしながら通り過ぎていった。


後にシェイファー女伯爵、そしてリーテリア侯爵夫人となったヴィオレ・シェイファー＝リーテリアは、伯爵領の領主として務める一方で多忙な夫を支えつつ、一流の事業家としても名を馳せた。

彼女の成功のきっかけは、一躍時の人となったとある事件の際に、自分の名を冠した香水を発売したことだったという。

その機に入手したひと財産を元に、彼女は少しずつ色々な事業を始めた。

黒一色だった樹脂の手袋を愛らしい桃色や水色に染め、肌の手入れ用の軟膏を抱き合わせて女性向けに売り出したり、あまりゆとりのない貴族の家庭向けに、庭師の仲介業を手がけたり……。

はじめはどれも小さな事業に過ぎなかった彼女の『素敵な思いつき』は、後に大きな事業へと成長し、国防の要であるリーテリア侯爵家の財政の柱となった。

ヴィオレ夫人はたまに、夫のリーテリア侯に向けてこんな冗談を口にしていたらしい。

『花祭りの銅貨の袋は贈れなかったけれど、金貨の入った袋なら貴方に差し上げるわ』

また、彼女は、個人的な手記に、このように書き残したと言われている。

『何があっても、私自身の力でシェイファー領を、そして愛する人を守ります』

あとがき

栢野すばると申します。

この度は、拙著をお手にとってくださり、本当にありがとうございました。


今回のお話は、久しぶりの乙女系でした！

フリルやレースに包まれたキラキラの美少女……書いている方も心が浮き立ちます。

作者まで気分が明るくなってしまい、お花で一杯の世界にしてしまいました。

非現実の美しい世界を考えるのは、とても楽しかったです。


以下、若干のネタバレを含みますので、できれば本文読了後に御覧ください。


さて、本作のヒロイン、リシェルディィは、悲しい身の上ながらも、かなりしぶといお嬢様であります。

見た目は今にも消え失せそうに儚げなのですが、なかなかどうして強い。

しかも過保護ヒーローであるカイルを振り回し続けるタイプです。

多分本人は、カイルを振り回そうなんてこれっぽっちも思っていないのですよね……。思っていないのにぶんぶん振り回してしまい、余計に夢中にさせている気がしなくもありません。

多分、自覚なしの小悪魔ってこういうタイプなのではないかな……と勝手に思っています。

行動もわりと大胆で、悪人の×××を××たりしますしね。

可愛いくて華奢なのに、実は負けん気の強い女の子、大好きです。

一方のヒーロー、カイルですが、彼は私が今まで書かせていただいた中で一番若いヒーローです。

寡黙で優秀な騎士なのですが、まだ二十二歳と若いので、可愛らしさがたっぷり残っている気がします。

カイルの過去は相当辛かったかと思いますが、最後まで書いたあと、報われてよかったなぁと思えるキャラでした。

不器用だけど優しいカイルと、しっかり者に見えて危なっかしいリシェルディは、このあともお互い支え合い、ほのぼのと仲良く暮らすのではないでしょうか。

なんとなくですが、子沢山な家庭になりそうな予感がします。

カイルはめちゃくちゃ子煩悩なお父さんになりそうですね。

本人は厳しいつもりでいるのに、なんだかんだと子どもたちが甘えて、よじ登ってくる……みたいな。

リシェルディはそんな光景を笑顔で見守りつつ、新しい事業計画書にペンを走らせているに違いありません。

(※あとがきのキャラの名前は、登場時のものにさせていただきました!)


最後になりましたが、私にこのお話を書く機会を下さった担当のF様、それから、美麗極まりないイラストを作成してくださった水綺先生、本当にありがとうございました。

カイルもリシェルディもイメージ以上の素敵さで、ラフを頂いた時に悲鳴が出ました。

カバーイラストも、本当に素晴らしいです。カイルの表情も、リシェルディの明るいのにふわりと消えてしまいそうな感じも、イメージ以上に仕上げてくださいました。

私が本文中で語りたかった全てを、あのカバーイラストが語ってくれているように思います。


ではまたいずれ、私の書いたお話でお会いできれば嬉しいです。

今後とも、よろしくお願いいたします。

Ever Princess

●ファンレターの宛先●
〒153-0051　東京都目黒区上目黒 1-18-6　NMビル 3F
オークラ出版　エバープリンセス編集部気付
栢野すばる 先生／水綺鏡夜 先生

元令嬢のかりそめマリアージュ

2017 年 5 月 25 日 初版発行

著　者　　栢野すばる
発行人　　長嶋うつぎ
発　行　　株式会社オークラ出版
〒153-0051　東京都目黒区上目黒 1-18-6　NMビル
営　業　　TEL:03-3792-2411　FAX:03-3793-7048
編　集　　TEL:03-3793-8012　FAX:03-5722-7626
郵便振替　00170-7-581612（加入者名：オークランド）
印　刷　　図書印刷株式会社

Printed in Japan　ISBN978-4-7755-2658-3